Tony Burgess
Idaho Winter

AF238843

Quart*buch*

Tony Burgess
Idaho Winter

Roman

Aus dem kanadischen Englisch
von Hans-Christian Oeser

Verlag Klaus Wagenbach Berlin

Für Griffin und Camille

Erstes Kapitel

Sein Schlafzimmer ist ein enges, schmutzstarrendes Kabuff mit dreckigen, leicht nach innen gebogenen Wänden, die den erbärmlich kleinen Raum noch weiter schrumpfen lassen. Der Fußboden ist ein Mulch aus Papieren, Tannenzapfen und Limonadendosen. Hornissen schweben umher. Den anderen Hausbewohnern dient der Raum als Mülltonne. Die gelbe Tür lässt sich gerade so weit öffnen, dass man eine leere Bohnenkonserve hineinwerfen kann. Das einzige Fenster des Schlafzimmers geht auf eine schmuddelige orangefarbene Backsteinmauer hinaus. Das Bett besteht aus zwei zerschlissenen Handtüchern, die über vier eingerissene und vergammelte Rettungswesten gelegt sind. Der fischige Gestank des Betts erfüllt das ganze Zimmer und schnürt Idaho im Schlaf fast die Luft ab. Armer kleiner Idaho. Er setzt sich auf, beugt sich vor und erbricht sich auf den Rücken einer dicken schlafenden Maus. Die Maus wacht nicht auf. Idaho beobachtet, wie unter Burger-Styroporboxen andere Mäuse hervorhuschen, um das Erbrochene von dem sich hebenden und senkenden Fell des fettleibigen Nagetiers abzulecken. Es ist der erste Schultag nach den Ferien, und zum ersten Mal seit vergangenem Juni muss Idaho das Haus verlassen. Damals endete die achte Klasse.

Die letzten Monate des Schuljahrs hat er eingewickelt in einen Mantel aus Dachpappe verbracht. In der Sonne hat sie sich so erhitzt, dass sie ihm die Haut verbrannt und einen schwarz-roten Streifen hinterlassen hat, der von der rechten Halsseite bis zum linken Hüftknochen verläuft. Er ist den Hügel hinter der Schule hinabgerollt worden. Am Fluss ist er auf einen niedrigen Ast gesetzt worden, wo die anderen Kinder ihn mit schweren Steinen und harten Erdklumpen beworfen und zu Fall gebracht haben. Den Sommer hat er hier verbracht, in diesem ekelhaften Zimmer, sein Rücken mit Teer verklebt und die Füße zerschrammt von einem Winter des Weglaufens. Es ist kein Leichtes, solch schwere Drangsal zu schildern. Der arme, arme Junge, Idaho, dessen Unglück das jedes anderen übersteigt. Niemand hat mehr Grund, aufzugeben und den Rest seiner tristen und maladen Tage als weinerliches, verabscheuungswürdiges Häufchen Elend zu verbringen als der bedauernswerte Idaho Winter.

Die Tür öffnet sich erneut, und ein Hund erscheint: ein gelber Hund mit rotem Maul und gesenktem Kopf, der bereit ist, sich auf ihn zu stürzen.

»Mach, dass der Junge aufsteht, Growler.«

Das ist Idahos Vater. Idahos Vater, der hier am Ort Early Winter genannt wird, stapft am Zimmer des Jungen vorbei die Treppe hinunter in die Küche und setzt sich einer Frau gegenüber an den Tisch. Schweigend schöpft Early aus einem flachen Topf Bohnen in Milch und stiert die Frau, die nur die Frau genannt wird, bedrohlich an. Sie ist hübsch und stumm und dünn und wahrscheinlich hungrig. Sie starrt auf ihren Schoß. Sie wagt nicht aufzublicken. Es ist ihr verboten, von ihren Händen hochzuschauen.

»Growler holt den Jungen.«

Ein Krachen. Bilder fallen herab, und der Putz bröckelt, als Growler, Idahos Schulter im Maul, den Jungen gegen die Wände des schmalen Flurs schleudert und ihn schließlich vor Earlys Füßen fallen lässt. Early sieht auf den erbarmenswerten Jungen herab. Idaho sieht zu ihm auf, blinzelt aus Angst vor diesem hasserfüllten Mann. Earlys Augen sind verborgene Straßen: kalte, krumme Straßen, auf denen sich Mörder Richtung Wald zurückziehen. Earlys Augen sind dieselben geheimen Straßen, die Mörder nehmen. Idaho vergräbt sein Gesicht in den schmalen Händen.

»Schule. Du isst, was das Viech gefunden hat.«

Idaho spürt, wie ihm etwas in den Schoß geworfen wird. Durch seine spindeldürren Finger blickt er auf einen steifen Waschbären, dessen Kehle und Bauch mit Fliegen bedeckt sind.

»Iss die Backen und putz dir mit dem Schwanz die Zähne.«

Unter dem Tisch kann Idaho die schlanken Füße seiner Mutter sehen, ihre großen Zehen sind gekrümmt und weiß. So nah ist er ihr seit vielen Monaten nicht gekommen. Er sieht, wie sich unter ihrem Fuß ein Zeh des anderen Fußes streckt und ein weiterer sich nach oben biegt. Diese Füße scheinen darin vertieft zu sein, sich umeinander zu kümmern. Zwei kleine blinde Puppen, die sich gegenseitig suchen und Zärtlichkeiten austauschen, selbst hier, am schroffsten Ort der Welt. Idaho spürt ein Summen an seinen Knöcheln. Eine Träne hat die Fliegen von seinem Frühstück verscheucht.

Zweites Kapitel

An diesem ersten Schultag steigen dünne Rauchschwaden durch den kühlen Septembermorgen. Vor den Haustüren stellen sich kleine Jungen und Mädchen mit bunten Rucksäcken auf die Zehenspitzen, um ihren Müttern einen Kuss zu geben. Von ihren Veranden trotten sie die kurzen geraden Wege hinunter, öffnen die sauberen weißen Schwingtüren und biegen auf die Bürgersteige ab, die sie zur Schule bringen. Einige bleiben an der Ecke stehen und warten auf Freunde, andere rennen voraus, schwenken die mit einem Gürtel zusammengehaltenen Bücher und springen auf die Verkehrshelferin zu, um sie mit frisch gebackenen Keksen zu begrüßen. Die Sonne scheint hell an diesem Morgen, die wenigen Wolken am strahlend blauen Himmel sind weiß und konturenreich. Ms Joost, die Verkehrshelferin, beugt sich hinab, um die Kekse entgegenzunehmen, richtet sich dann schnell wieder auf und hält Ausschau nach Autos. Ein hübsches kleines Mädchen mit dicken orangefarbenen Ringellocken blickt zu ihr auf.

»Was ist, Madison?«

Zwei Jungen, der eine groß und rund mit massigen, der andere dünn mit knochigen Händen, kommen herbeigerannt und schubsen Madison aus dem Weg.

Ms Joost senkt ihr großes Stoppschild vor den Jungen. »Kyle! Evan! Muss ich schon am ersten Tag einen Vermerk schicken?«

Die Jungen lassen die kleinen, verzogenen Köpfe hängen, und Kyle, der Dicke, wirft Madison einen tödlichen Blick zu.

»Also, Madison, was wolltest du fragen?«

Die Jungen sind sich nicht sicher, ob sie entlassen worden sind, und bleiben wartend stehen. Schon bald beginnen sie zu kichern.

»Sie will was über Kartoffel wissen.«

Kartoffel ist der schreckliche Spitzname, der Idaho von, nun ja, von fast der ganzen Stadt verpasst wurde. In erstaunlichem Maße haben die meisten Menschen akzeptiert, dass Idaho entsetzliche Grausamkeiten erleiden muss. Ms Joost klopft den Jungen auf die Schultern, und sie jagen die Straße entlang, rennen lachend bis zur Bordsteinkante. Ms Joost wirft ihnen einen strengen Blick hinterher, bevor sie auf die Knie geht und eine von Madisons Locken auf ihre Handfläche legt.

»Also, Madison. Du solltest nicht an die Kartoffel denken.«

Madison senkt den Blick, hauptsächlich aus Scham. Sie denkt die ganze Zeit an Idaho. Sie nickt feierlich.

»Gut, meine Liebe. Ich weiß, für dich ist es schwer zu verstehen. Du hast wenig Erfahrung mit Menschen. Aber die Kartoffel wird nicht ohne Grund schlecht behandelt.«

Madison schüttelt ihre Locke aus der Hand der Frau. Sie schaut nicht auf.

»Die Kartoffel ist ein furchtbarer Junge. Er riecht wie verfaulter Fisch. Er trägt verdreckte Kleidung, selbst seine Eltern können seinen Anblick nicht ertragen. Keine Schuhe. Und seine Haare!« Ms Joost hält sich den Mund zu. »Niemand mag ihn, weil es keinen Grund gibt, ihn zu mögen. Für manche Leute ist das schwer zu verstehen, Maddie, aber es ist nun mal so: Manche Menschen kommen in einem sehr fauligen Zustand zur Welt und bleiben dann so. Wir sollten niemals

Mitleid mit ihnen haben. Wir sollten sie meiden, bis ihre Fäulnis sie eines Tages verschlingt.«

Madison starrt zu Ms Joost auf. Die Verkehrshelferin hat ein so freundliches Gesicht, denkt sie, mit traurigen, fürsorglichen Augen und einem wunderbaren, lachenden Mund. Ein schönes Gesicht. Warum sagt sie so etwas?

»Eigentlich, Madison, kommen Menschen nicht so auf die Welt, es gibt niemanden, der so ist. Außer ihm. Kartoffel. Wenn er dort vorn am Bordstein steht, werde ich wie jedes Jahr darauf warten, dass ein schnelles Auto um die Ecke biegt, bevor ich ihn über die Straße lasse.«

Madison schnappt nach Luft.

»Ganz recht, Maddie. Das wollen wir alle. Verdirb's nicht. Und jetzt fort mit dir.«

Madison macht zwei Schritte, dann bleibt sie stehen. Ich muss ihn warnen, denkt sie. Sie dreht sich um und will zurückgehen, aber das große rote Sechseck schlägt gegen ihren Mantel und hält sie auf. Ms Joost zwinkert und rümpft die Nase.

»Geh schon, Kind. Ab in den Unterricht. Es ist der erste Schultag!«

Madison fühlt sich schwindlig, als sie den Bordstein erreicht. Ihr Weg zur Schule führt über die mit Apfelbäumen bestandene Wiese neben dem Traktorhändler. Heute will sie allein gehen. Am Bach bleibt sie stehen und beobachtet, wie die Schlüpflinge auf dem Wasser treiben. Von der Weide segelt weißer Flaum herab und landet auf der trägen, stillen Oberfläche. Am Ufer setzt sich Madison auf einen länglichen kühlen Stein und lagert ihre winzigen blauen Schuhe auf einem nassen Stück Holz. Es ist Zeit, über Dinge nachzudenken. Warum sind die Menschen alle so gemein zu diesem Jungen? Abscheulich. Und heute, in der Schule, werden sie ihn mit Steinen bewerfen, bis er zu verletzt ist, um am

Unterricht teilzunehmen, und nach Hause geschickt wird –
nach Hause geschickt von einer Lehrerin, die ihn untersucht
und ihre spitzen Finger in seine Wunden drückt, bevor sie
ihn zur Tür hinausschiebt. Nach Hause: Wie sieht sein Zuhause aus? Wissen seine Eltern, wie schlecht er behandelt
wird? Madison spürt, wie sich das Licht verändert, die kleinen Diamanten an den Steinen neben ihren Füßen sind verschwunden. Seine Eltern kümmert es nicht. Madison fährt
sich mit der Hand über das nasse Gesicht. Seine Eltern sind
die schlimmsten von allen. Heute gehe ich nicht zur Schule,
denkt sie. Der Bach ist so schön, er wirkt wie von Feen bevölkert. Libellen. Pummelige Bienen. Wasserkäfer weben und
entweben ein zitterndes Tuch auf den kalten blauen Steinen.

Drittes Kapitel

Idaho geht ganz langsam. Seine Füße sind wund von tiefen Hundebissen; von der madigen Pfote, die sein Vater ihn zu essen genötigt hat, dreht sich ihm der Magen um. Schwer zu sagen, wie Idaho wirklich aussieht. Sein Haar ist vermutlich braun, aber so verfilzt vom Kot der Bettwanzen, dass es auch rot sein könnte. Seine Augen habe ich noch nie gesehen; er hält sie nicht einfach nur gesenkt; sie sind von einer Kapuze bedeckt, verborgen, hohl. Vielleicht ist nicht genug Nahrung in ihm, um sie zum Leuchten zu bringen, oder er findet einfach keine Veranlassung, in die Welt hinauszuschauen. Seine Hände sind aufgedunsen, aber ich glaube nicht, dass er ein dicker Junge ist; vermutlich sind seine Gliedmaßen geschwollen von den infektiösen Mäulern, die ihn beißen, wenn er schläft oder einfach nur daliegt, wie er es den ganzen Sommer über getan hat – ein regungsloser, unglücklicher Junge, der keinen Grund hat, aufzustehen.

Jetzt aber ist er aufgestanden, trottet die Pappeln entlang, allein und etwas dunkler als sein eigener Schatten. Ich wünschte, ich könnte sagen, was er denkt, aber ich weiß nicht einmal, ob er überhaupt denkt. Es ist eine Tatsache, dass ein Mensch, wenn er mehr Leid erfährt, als er ertragen kann, in gewisser Weise aufhört, Mensch zu sein – um sich zu schützen, um nicht länger angreifbar zu sein, um nicht mehr so zu sein wie wir. Deshalb ist es nicht möglich, Idahos Schmerz zu verstehen, denn Idaho fühlt ihn nicht mal selber richtig. Idaho ist vielmehr entleert. Er ist eine gähnende Leere. Wie ein Raum, den man verlässt, wenn man von einem Stuhl aufsteht. Es ist wie nach einem lauten Geräusch, wenn man nur noch das Geräusch des eigenen Lauschens vernimmt. Was ist, ist nur noch ein »war«. Das ist es: Idaho ist ein »war«.

Er bleibt am Bordstein stehen und hört den schrillen Pfiff der Verkehrshelferin, dann tritt er auf die Straße. Er weiß, dass ein Auto naht, und springt im letzten Moment beiseite.

»Du elender kleiner Mistkerl!« Ms Joost ist auf ihn zugelaufen und schwingt ihr Schild wie eine Axt. Idaho rennt so schnell er kann davon, der schildschwingenden Lotsin aber immer nur einen Schritt voraus. Er schafft es auf die andere Straßenseite und rennt dann weiter den Gehsteig entlang, ohne auf die Risse zu achten, die sich zwischen seinen trockenen Zehen bilden, oder auf den brennenden Essig seiner Tränen.

»Renn nur, Kartoffel! Morgen mach ich dich fertig!«

Idaho rast den Gehsteig entlang, zwischen den Kindern hindurch, die in Paaren dort entlanglaufen. Sie nehmen die Verfolgung auf. Bald ist eine ganze Kinderschar hinter ihm her, blindlings rennt er durch einen Vorgarten.

Idaho bleibt vor Mr Harris stehen, der seinen Garten mit einem Schlauch bewässert, dessen Sprühkopf die Form eines riesigen Gänseblümchens hat. Über seine Brille hinweg blickt er auf die Meute, die sich am Rand seines Rasens versammelt hat. Die Kinder treten schuldbewusst von einem Bein aufs andere, rühren sich aber nicht vom Fleck.

»Was ist los? Was geht hier vor?«

Mr Harris bemerkt, dass Idaho auf allen vieren auf dem nassen Rasen hockt. Er hechelt. Der alte Mann berührt ihn an der Schulter.

»Alles in Ordnung, mein Junge?«

Kyle bahnt sich einen Weg zur vordersten Reihe der Meute. »Das ist Kartoffel. Wir wollten ihn vor der Schule verprügeln.«

Mr Harris richtet sich auf und schaltet sein Gänseblümchen aus. »Wozu denn das?«

Kyle schnauft trotzig, doch um eine Antwort verlegen. Evan stellt sich vor seinen Freund; er spricht mit einer Stimme, die viel ruhiger und erwachsener klingt als Kyles.

»Wir verprügeln ihn vor dem Unterricht, damit er nicht zur Schule kommt.«

Das empört Mr Harris. Er blickt auf Idaho hinab, greift dem Jungen unters Kinn und hebt seinen Kopf an. Rot geränderte Augen und geschwollene Lippen. Ein blasses Gesicht mit fast durchsichtiger Haut, gleichzeitig düster, mit tiefen Sorgen- und Schmerzfalten. Ein unglaubliches Gesicht, denkt Mr Harris, so was hab ich noch nie gesehen. Er stellt sein Gänseblümchen wieder an und zeigt auf Idahos Augen.

»Runter von meinem Rasen, du Kartoffel! Kinder! Kommt und schafft ihn weg!«

Idaho krümmt sich zusammen und bedeckt die Ohren mit den Händen. Die Schläge kommen von überallher. Tritte in die Rippen. Hiebe und Stöße gegen die Beine. Erde und Lehm fliegen ihm in den Mund. Er schließt die Augen und sinkt in sich zusammen. Er verliert das Bewusstsein. Es ist keine richtige Ohnmacht, eher ein träger Rückzug von der Welt. Wie eine Schnecke, die sich in ihr Haus zurückzieht, um sich zu verstecken. Ich sollte Ihnen berichten können, was dort mit ihm passiert, doch soweit ich es beurteilen kann, ist er einfach verschwunden, verschlungen von seinem eigenen Nichtvorhandensein. Trotzdem lassen die Kinder weiterhin Fäuste, Bleistifte und Lehm auf ihn herabregnen. Selbst der wunderbare alte Mr Harris kann nicht umhin, dem Jungen eine Tomatenstange durch die Finger ins Ohr zu schieben. Sie alle wirken so verzweifelt – verzweifelt suchen sie ihm wehzutun, als hinge von den Schmerzen des Jungen ihr Wohlergehen ab.

Doch irgendwann lassen sie von ihm ab und hüpfen wieder auf den Gehweg. Mr Harris wälzt den Jungen zum Rinnstein und gibt ihm einen letzten Tritt. Zusammengerollt liegt der arme Idaho Winter in der Maple Street, bedeckt von Blättern und Stöcken, und niemand schert sich um ihn. Niemand. Sein Vater sitzt zu Hause mit dem bösartigen Hund, der sich von Idahos Füßen ernährt. Auf dem Schulweg attackieren seine Klassenkameraden sich gegenseitig mit Büroklammern, Papierkügelchen und Reißzwecken, die sie sich an die Knöchel kleben. Die Lehrerin wartet hinten im Klassenzimmer mit einem kleinen Käfig voller Feuerameisen. Sogar die Verkehrshelferin ist bereit – sie will nichts dem Zufall überlassen, sitzt in ihrem großen braunen Lieferwagen und lässt den Motor aufheulen, gewillt, mit quietschenden Reifen auf die Straße hinauszuschießen, sollte Idaho Winter sie noch einmal überqueren wollen.

Viertes Kapitel

Aber es gibt eine Person, die sich nicht verschworen hat, Kartoffel Schmerzen zuzufügen. Sie sitzt allein auf einem sonnenbeschienenen, kieselbedeckten Fleckchen am Bach, die Arme verschränkt, die Stirn gerunzelt. Vor ihr liegt die ungerechte Welt, und sie weiß noch nicht, was sie tun wird, nur dass sie etwas tun wird. Wenn man die Dinge so sieht, wie sie sind, ganz gleich wie sie sind, nimmt man sich einen Moment Zeit und plant ein paar Veränderungen.

Und unterdessen? Für den armen Idaho Winter wird es immer schlimmer.

»Madison Beach?«

Mrs Hail klopft mit ihrem Schuh gegen das Lehrerpult. Sie klappt das Anwesenheitsbuch zu und setzt sich aufs Pult.

»Zwei fehlen. Idaho Winter und Madison Beach.«

Die Kinder reißen die Augen auf und tauschen vielsagende Blicke aus. Kyle, der nicht clever genug ist, um Blicke zu werfen, stöhnt. Evan klopft Kyle mit einem Lineal auf den Nacken.

»Aua!«

Mrs Hail sieht Kyle drohend an.

»Weißt du, wo die beiden sind, Kyle?«

Evan zischt leise. »Sag's ihr.«

Mrs Hail reckt das Kinn und ertappt Evan beim Flüstern.

»Weißt du etwas, Evan?«

Evan hüstelt und stößt, an Kyle gewandt, hinter seinem Hüsteln das Wort »tot« hervor. »Ja, Frau Lehrerin.«

Mrs Hail ist überrascht und erfreut. Mit dem langen Bleistift zwischen ihren langen Fingern bedeutete sie Evan, fortzufahren.

»Madison hat nach der Kartoffel gesucht, er muss sie wohl gefunden haben.«

Die anderen Kinder geben ein zustimmendes Geräusch von sich.

»Na, dann. Das ist gar nicht gut. Ist die Kartoffel immer noch gefährlich?«

Alle Kinder reden durcheinander. »Ja! Ja! Die Kartoffel ist der Schlimmste! Er ist der Schlimmste! Der Allerschlimmste!«

Mrs Hail sieht grimmig zu, wie die Kinder schreien. Sie bringt sie zum Schweigen, indem sie mit dem Bleistift in die Luft sticht. »Nun gut. Dann ist dieses hübsche Mädchen also verschwunden, und dieses widerwärtige kleine Gemüse ist dafür verantwortlich?«

Inzwischen ist die Klasse fast auf den Beinen, johlt und jubelt, stößt Fäuste in die Luft.

»Ruhe, Kinder. Bitte, ich muss nachdenken.« Mrs Hail tippt sich mit ihrem Bleistift ans Kinn und blinzelt: Ein böser Junge hat ein braves Mädchen entführt. Sie greift hinter sich, holt ein winziges Handy hervor und hackt mit dem Bleistift darauf ein.

»Hier spricht Mrs Hail, Klassenlehrerin an der St. John's Wort Middle School. Eine meiner reizenden Schülerinnen ist von einem Jungen entführt worden, und wir wissen nicht, wo die beiden sind.«

Sie lächelt der schweigenden Klasse zu und zwinkert.

»Miss Madison Beach. Richtig. Ja, sie ist ein perfektes kleines Mädchen. Ich weiß, es ist furchtbar. Sein Name ist Idaho Winter. Ja. Das ist er. Danke.« Sie klappt das Mobiltelefon zu und blickt schelmisch in die Klasse. »Die Polizei stellt Suchhunde zusammen, sie sagen, sie werden sie finden.«

Die Klasse klatscht und jubelt.

»Was passiert mit ihm? Was werden sie mit der Kartoffel machen?«

Mrs Hail schlägt mit der Faust aufs Pult, und die Kinder erstarren. »Die Polizei sagt, wenn sie ihn finden, werden sie ihn nach Hause bringen. Und wenn sie ihn finden, werden sie ihn an die Hunde verfüttern.«

Die Kinder springen auf die Tische und schleudern ihre Bücher in die Luft.

Und so beginnt der erste Schultag.

Ich lehne mich einen Moment zurück und staune über das schreckliche Drama. Bestimmt werden die Leute ein Einsehen haben, bestimmt werden sie sich ändern, bevor sie etwas wirklich Entsetzliches tun.

Fünftes Kapitel

Mr Finchy senkt den Kopf und öffnet den drei Polizisten das Gartentor.

Er hebt einen Finger und fängt an zu reden, doch der letzte Polizist, Bobby Pop – ein kleiner Mann mit rundem kahlem Schädel –, dreht sich abrupt um und starrt ihn wütend an.

»Finchy, wir haben ein Kind, das ein anderes Kind entführt hat, und wir brauchen Ihre Hunde.«

»Hunde? Was für Hunde? Ich weiß nichts von irgendwelchen Hunden!«

Bobby taxiert Finchy, der langsam nervös wird. Finchy hält drei bösartige Pitbulls.

Es verstößt gegen das Gesetz, bösartige Pitbulls zu halten.

Bobby brüllt seinen Kollegen nach, die bereits in der Garage verschwunden sind. »He, Jungs! He! Wir haben nichts zu befürchten. Finchy hat die fiesesten Hunde der Stadt. Stimmt's, Finchy?«

Finchy stürmt an Bobby vorbei. »He, diese Hunde … Kommen Sie ihnen bloß nicht zu nahe!«

Bobby holt Finchy ein, baut sich vor ihm auf und schubst ihn zurück. »Für polizeidienstliche Zwecke werden wir Ihre Hündchen beschlagnahmen.«

Die Pitbulls springen aus der Garage. Ihre Lefzen hängen aus den Mäulern und entblößen schreckliche Zähne, die mit schrecklichem weißem Geifer bedeckt sind. Ihre Schultern und Brustkörbe sind mächtig wie Flutwasser. Die Hunde stürzen sich geradewegs auf die beiden Männer. Finchy lässt sich zu Boden fallen und rollt sich zu einem Ball zusammen. Bobby lässt sich nicht fallen; er wirft dem Leithund eine Kartoffel in den geifernden Höllenschlund. Die Kartoffel wird von gelben Zähnen zerfetzt, dann ist sie weg. Die Pitbulls setzen über das Tor und galoppieren mitten auf der Straße davon.

Finchy richtet sich auf und blinzelt. Er greift nach Bobbys Hand und lässt sich auf die Beine helfen. Die beiden Männer starren schweigend auf die leere Straße, auf der die Ungetüme entkommen sind.

»Das ist der Plan«, sagt Bobby. »Wir geben ihnen eine Kartoffel, um sie auf die Spur des Übeltäters zu setzen.«

»Kein guter Plan, Officer Bob.« Finchy schaut in den Himmel. »Heute wird jeder aufgefressen, der nach Kartoffeln riecht.«

Die anderen Beamten kommen aus der Garage, außer Atem und völlig zerschrammt.

»Wir haben den Käfig nicht aufgekriegt«, sagt einer der Beamten.

»Ich hatte kaum die Tür berührt, da haben sie die Gitterstäbe weggeschlagen«, sagt der andere. »Diese Hunde sind wahnsinnig.«

Die vier Männer stehen am Rand des Grundstücks und suchen die Dächer der Stadt ab. Finchy lauscht angestrengt nach dem Geräusch von Hunden, die die Bürger der Stadt zerfleischen, zu deren Schutz die Beamten bestellt sind. Er tritt von den Polizisten zurück und sammelt die Kartoffelstücke vom Rasen auf.

»Diese Person riecht also wie eine Kartoffel?«

»Nein, sein Name ist Kartoffel.«

»Hunde können keine Namen riechen«, sagt Finchy. »Das

war eine richtig dumme Entscheidung, die verdammten Hunde auf ihn loszulassen – Moment mal, haben Sie gesagt, er heißt Kartoffel? Kartoffel, so wie Idaho?« Er johlt und schlägt sich aufs Knie. »Also, Leute, die Hunde habe ich eigens für diesen Tag gekauft.«

»Sie haben was?«

Finchy nimmt seinen Sonnenhut ab und wischt sich über die Stirn. »Jawohl, Sir, sie wurden von Geburt an darauf abgerichtet, das Fleisch von Idaho Winter zu jagen.«

Den Polizisten steht der Mund offen.

»Sie machen Witze«, sagt Bobby.

»Nein, überhaupt nicht. Zum Futtermittelgeschäft hat seine Mami immer die Abkürzung durch unseren Garten genommen und dabei das heulende Biest im Kinderwagen geschoben, mitten durch den Garten.«

»Tatsache?«

»Jap. Die arme Frau. Der Junge war eine schreckliche Bürde, schon damals. Man konnte es in ihren Augen sehen. Eines Tages schau ich raus und seh eine kleine Babyhaube im Gras liegen, da hab ich den Plan gefasst. Irgendwann, hab ich gedacht, wird dieser Idaho Winter laufen können, und ich wollte sichergehen, dass er dann nicht durch meinen Garten kommt. Aus naheliegenden Gründen.«

Die Polizisten nicken und seufzen. Der Junge hätte nie frei herumlaufen dürfen.

»Also hab ich die Hunde gefunden und sie ihr ganzes erstes Lebensjahr hindurch mit dieser abscheulichen kleinen blauen Haube gequält.«

»Sie haben die Hunde gefunden? Was soll das heißen, Sie haben die Hunde gefunden? Das sind doch keine normalen Hunde.«

»Das ist eine lustige Geschichte. Der ursprüngliche Besitzer sagte, er sei in die Scheune gegangen, um nach seiner trächtigen Hündin zu sehen, aber die sei verschwunden gewesen. Nur die drei Welpen waren noch da.«

»Wo ist sie hin?«

»Er sagte, vermutlich hätten die Welpen sie aufgefressen.«

»Sie aufgefressen?«

»Von innen. Sie wurden durch die Löcher geboren, die sie in die eigene Mutter hineingebissen haben.«

Die Polizisten pfeifen durch die Zähne.

»Der Besitzer sagte mir, seiner Meinung nach könnte der Vater ein Teufel gewesen sein.«

»Sind Sie sicher, dass sie hinter der Kartoffel her sind?«

»Hinter niemandem sonst.«

»Sie werden ihn töten?«

»Ihn fressen, ihn töten, die Knochen verbuddeln.«

»Also, schätze, das ist eine gute Sache, dass wir gekommen sind und Ihre Hunde geholt haben.«

»Ja, eine gute Sache.«

»Eine gute Sache.«

Sechstes Kapitel

Die Mittagssonne verwandelte die Eiche in ein Meer aus schwebenden Smaragden. Idaho beobachtete von einem Felsen aus, wie sich eine schwarze Raupe an einem Faden über den Bach zu schwingen versuchte, nachdem sie in rasantem Tempo hinabgefallen war. Bei dem Versuch, in die Sicherheit des Baumes zurückzukehren, verlor sie den Kampf gegen ihr eigenes Gewicht. Idaho rutschte von dem Felsen und hielt der Raupe einen langen weißen Stock hin. Abrupt rollte sie sich um den Stock und schied aus einer Körperöffnung ihren Faden aus. Behutsam zog Idaho die Raupe an Land und in Sicherheit, indem er den Stock Hand über Hand einholte. Mit dem Daumen strich er über die weichen blauen Wimpern, die sich an der Seite des kleinen Geschöpfs auffächerten.

Man kann unmöglich alles verstehen, was sich ereignet, aber im Allgemeinen erwarten wir, dass es Erklärungen gibt. Einige davon lassen sich leicht finden, andere warten darauf, durch beharrliches Nachfragen mit der Zeit enthüllt zu werden. Der Löwe attackiert die Antilope, weil er fressen muss, und ein Wasserball schwimmt, weil er mit Luft gefüllt ist und Luft immer über der Wasseroberfläche bleibt. Erklärungen. Warum also erbricht sich die Raupe, da sie doch in dem Becher, den Idaho vorsichtig mit der Hand bildet, gefahrlos transportiert wird, warum krümmt sie sich und schreit? Weiß es die Raupe? Spürt sie, dass es sich bei ihrem Retter um einen Jungen handelt, der so verhasst ist, dass ihn selbst

Verkehrshelferinnen überfahren wollen? Um ein Kind, das so abscheulich ist, dass selbst gütige alte Männer Bestien dazu abrichten, den Jungen zu zerfleischen, sollte er zufällig vorbeikommen? Idaho sieht zu, wie sich die Raupe dreht und windet und ihrem gequälten Körper ein schrilles Quietschen entweicht. Nicht einmal Idaho ahnt, dass er die Quelle ihres Leidens ist. Er lässt die Hand sinken, um das Insekt freizulassen, da fällt es tot zu Boden. Woran ist die Raupe gestorben? An Ekel? Furcht? Hass? Wie konnte das passieren? Der arme unschuldige Idaho starrt ratlos auf den kleinen steifen Körper. Er weiß es nicht.

In der Nähe hat ein Rotkehlchen seine Jungen ausgesetzt und das Nest vom Ast gestoßen. Die kleinen Babys plumpsen ins kalte Wasser wie Nüsse vom Baum. Auch die Fische sind verschwunden. In der kurzen Geschichte dieses Nachmittags hat die kleine Flussbiegung Bekanntheit als Stätte des Bösen und der Fäulnis erlangt. Die Elritzen machen kehrt und kämpfen gegen die Strömung an; die Schildkröte kriecht von einem Holzklotz und reißt sich dabei an scharfen Steinen die Füße auf. Idaho fällt die Stille, die Lautlosigkeit auf, als sei dieser Teil der Welt ein lebloses Abbild seiner selbst geworden. Ein entleerter Ort. Idaho seufzt. Der entleerte Idaho seufzt.

Ich mache mir Sorgen um ihn, kann aber nicht behaupten, gegen die allgemeine Abneigung immun zu sein. Ja, ich gestehe, dass ich ihn nicht mag. Doch neben dem kleinen Mädchen namens Madison gibt es noch einen weiteren Menschen, der diese Wunde des Hasses, diese tiefsitzende Wut nicht mit sich trägt.

Und dieser Mensch sind Sie, der Leser. Sie. Sie sind neu in dieser Welt und können die schreckliche Ungerechtigkeit erkennen, glasklar erkennen. Sehen Sie! Sehen Sie! Über Idaho eine dunkle Wolke am Himmel: Selbst die Sonne hebt die Hand, um ihn zu verbergen. Aber man kann nichts tun, nicht wahr? Sie können nichts tun. Sie sind der Leser. An diesen Tatsachen können Sie nichts ändern. Sie haben es nur mit Worten zu tun, mit Worten, die von mir stammen. Ich weiß nicht einmal, wer Sie sind. Wo Sie sind. Nichts. Ich fürchte, wenn Ihnen nicht einfällt, wie man eingreifen könnte, ist das Schicksal des kleinen Idaho Winter besiegelt. Ein ungerechtes und übernatürlich verderbtes Schicksal – aufgespießt wie ein Grashüpfer auf einem Ätherpad, der arme Junge. Wenigstens gibt es keinerlei Gefühle in seinem traurigen Kopf, den er gesenkt hält, nur das Geräusch der Tage, das in einem leeren Raum widerhallt.

Nur Sie haben Mitleid mit Idaho. Sie und Madison Beach.

»Idaho?« Madison, das verirrte Kind, watet, Schuhe und Socken in der Hand, durch kniehohes Wasser zum Flussufer, wo Idaho in stumpfem Schweigen sitzt.

Idaho schaut auf, nicht zu Madison, sondern weiter nach oben, zum Himmel. Madison kneift die Augen zusammen, um zu sehen, was er sieht. Eine grimmige schwarze Wolke grollt mit kleinen Blitzen in ihrem Herzen.

»So was hab ich noch nie gesehen«, sagt sie. »Was ist das?« Sie lässt die Schuhe fallen, und Idaho schaut auf sie hinab. Glänzendes blaues Leder mit sauberen weißen Schnürsenkeln. Idaho schnappt nach Luft. Madison hört es und schaut ebenfalls nach unten.

»Was ist? Ach, meine Schuhe. Das sind Miss Kays. Sehr teuer.«

Idaho bemerkt ihr Kleid, ein weiß-rosa Kleid, dessen Saum mit komplizierten gelben Blumen bedruckt ist. Madison setzt sich neben ihn auf den Baumstamm, dreht sich zu ihm und lächelt. Idaho senkt den Kopf. Er ist schmutzig und schämt sich. Er nimmt das Licht wahr, das das Mädchen verströmt – das Licht der Sauberkeit.

»Du hast kein sehr gutes Leben, nicht wahr?«

Idaho wendet sich zu ihr und betrachtet ihre Knie. Er hat die Frage gehört, kann sie aber nicht verstehen. Wie sie selbst ist die Frage irgendwie zu sauber. Sie enthält kein wütendes Dunkel. Nichts von der Raserei, die die meisten Dinge verzerrt, die man zu ihm sagt.

»Nicht wahr, Idaho? Du hast kein sehr schönes Leben?«

Idaho schaut dem Mädchen in die Augen. Ein helles Blau. Ein hübsches Blau. Auf der Nase rote Sommersprossen.

»Ich glaube nicht«, sagt er.

Madison berührt seine Hand, aber er zieht sie schnell weg. »Warum? Ich habe dich nie etwas Schlechtes tun sehen. Hast du jemals etwas Schlechtes getan?«

Idaho fühlt sich ermutigt. »Alles. Alles, was ich tue, ist schlecht.« Er ist erstaunt, dass sie das nicht weiß. »Wusstest du das nicht?«

Madison zuckt mit den Schultern und hebt Idahos Raupenstock auf. »Ich schätze schon. Ich weiß, dass die Leute das immer sagen. Aber ich empfinde es nicht so, Idaho.«

Idaho beobachtet, wie die Rotkehlchenmutter zu ihrem Nest zurückkehrt. Leer und dunkel, wie eine Krone aus Unkraut, hängt das Nest über dem schnell dahinfließenden silbrigen Wasser. Das Rotkehlchen setzt sich auf den Ast und starrt aus winzigen schwarzen Knopfaugen auf sein Spiegelbild.

»Empfindest du es so, Idaho?«

»Empfinde ich was?«

»Du weißt schon, deine Schlechtigkeit. Das Schlechte, das du getan hast.«

Idaho zwinkert. Er ist schockiert von der Frage und davon, nach einem Gefühl suchen zu müssen. Er schließt die Augen und wartet. Das Gefühl, schlecht zu sein, im Unrecht zu sein. Unrecht getan zu haben. Er schlägt die Augen wieder auf und sieht Madison an.

»Nein. Ich empfinde es nicht so.«

Madison seufzt tief und schlingt die Arme um ihre Knie. »Seit ich zurückdenken kann, sagen immer alle, wie ... wie schrecklich du bist. Reden davon, was sie mit dir anstellen werden, solltest du jemals ... Und ich hatte immer Angst. Angst vor dir. Aber auch Angst davor, was mit den Leuten passiert, sobald dein Name fällt. Sie verändern sich, sie werden kalt und ernst und schauen sich suchend um, am Himmel, im Gesträuch. Als ob die Erwähnung deines Namens bedeutet, dass du jeden Augenblick auftauchen könntest.«

Idaho blickt auf ihre Füße. Der Flussschlamm an ihren Zehen ist getrocknet, ihre Haut von weichem sauberem Schlick bedeckt. Madison sieht ihn an. Sie erblickt einen Lumpen, der an Idahos Handgelenk gebunden ist, und knotet ihn auf. Fasziniert und furchtsam sieht Idaho zu, wie sie den Lumpen ins Wasser taucht und sich den Schmutz von den Zehennägeln reibt. Sie lächelt und gibt ihm den Lumpen zurück. Idaho nimmt ihn entgegen und hält ihn in die Höhe, bis er dort, wo sich der Schlamm von ihren Zehen gesammelt hat, Sonnenschein sehen kann, ein prickelndes sauberes Licht.

»Ich mag dich, Idaho.«

Plötzlich lehnt Idaho sich zurück. Er schließt die Augen, um die Wärme ihrer Worte zu spüren. Er kann sich die Worte vorstellen, zwischen seinen Schultern, in seiner Brust; ihre Worte, weich und buttrig und irgendwie glücklich, gute Worte, die dicht an seinem Herzen sitzen. Auch die Tränen in seinem Gesicht kann Idaho spüren. Groß und warm und salzig, wie sie so über seine blassen Wangen rinnen.

»Es tut mir leid, Idaho.«

Erschrocken öffnet Idaho schnell die Augen. Sein Gesicht ist nass. Es schmilzt.

»Ich wollte dich nicht zum Weinen bringen. Ich wollte ... ich möchte dich unbedingt glücklich sehen.«

Das ist zu viel für Idaho, er spürt, wie seine Arme herabfallen und sein Kopf nach vorn kippt. Er ist sich nicht sicher, ob er weiterhin aufrecht sitzen kann. Er nimmt ein leises, trauriges Geräusch wahr, das von irgendwo in seinem Inneren kommt. Madisons kühler Arm umfängt seinen Rücken, ihre perfekt geformte Hand legt sich auf seine Schulter.

So verharren sie schweigend, beide in dem Bewusstsein, gemeinsam etwas geschaffen zu haben. Widerstand. Das Zurückdrängen einer Dunkelheit, die bisher niemand zurückgedrängt hat. Die wunderbare, kriminelle Freiheit, das zu lieben, was so brutal als nicht liebenswert eingestuft worden ist.

Was sie nicht wissen: Nur wenige Meter entfernt, am buschbewachsenen Ufer direkt vor ihnen, kauern drei monströse, mörderische Hunde. Ihre blutverschmierten Nüstern blähen sich und saugen Idahos Geruch ein, der von Madison Beachs gekräuselten Zehen über das kühle Wasser zu ihnen weht.

Siebentes Kapitel

Die Schule war zu Ende, und die Kinder huschten, wie die Mäuse aus der Scheune, die Treppe hinab und über den Rasen. Als die letzten geflüchtet waren, erschien Mrs Hail an der Treppe; sie öffnete beide Türen gleichzeitig, sodass sich ihre Arme beim Hinausgehen wie Flügel ausbreiteten. Sie suchte das Feld und die Straßen ab und lauschte auf die Sirenen in der Ferne. Über der Wiese nahe der Brücke im Osten hing eine Wolke – ein hartes Stück Kohle. Mrs Hail führte ein Fernglas an die Augen. Die Wolke entlud kleine Stromstöße. Mrs Hail setzte das Fernglas wieder ab. Eine äußerst merkwürdige Wolke. Das war nicht das Wetter. Ganz und gar nicht das Wetter.

Mrs Hail machte auf dem Absatz kehrt, stieß wieder die Türen auf und betrat die Schule so, wie sie sie verlassen hatte, will sagen: als Greifvogel.

»Es ist ein Zeichen!«

Mr Cull, der Hausmeister, brachte gerade Buchstaben an, die von der Pinnwand herabgefallen waren. Er blickte zu ihr mit weit aufgerissenen Augen in seinem feisten Gesicht. In einer Hand hielt er ein großes rosa J, in der anderen ein weißes Flugzeug. »Was ist ein Zeichen?«

Mrs Hail starrte Mr Cull an. »Dieser Winter hat die arme Madison Beach in seiner Gewalt, unten am Fluss, und wir müssen sie retten. Und in jedem Fall müssen wir den Jungen töten.«

Mr Cull hielt seinen Buchstaben und sein Flugzeug fest umklammert. Er fürchtete sich vor der Lehrerin. Sie schleuderte den Inhalt ihrer Handtasche auf den Boden. Schließlich schnappte sie sich ihr Mobiltelefon und ließ die Tasche fallen. Sie wählte, hielt das Handy ans Ohr und klopfte mit dem Schuhabsatz auf den Boden. Dabei behielt sie Mr Cull im Auge.

»Sie würden es nicht verstehen, Mr Cull. Manche Kinder unterscheiden sich einfach von anderen.«

Mr Cull ließ den Buchstaben fallen und kam auf Mrs Hail zu. Er blieb gerade noch rechtzeitig stehen, um ihr nicht auf die Zehen zu treten, und beugte sich nah an ihr Gesicht.

»Manche unterscheiden sich, Mrs Hail. Das weiß sogar ich. Ich habe zwei Beile in meiner Besenkammer hängen.«

»Ach ja? Wozu denn das?«

»Für eine Gelegenheit wie diese.«

»Für Gelegenheiten wie diese bewahren Sie Beile auf?«

»Jawohl, Ma'am. Wenn mich der Ruf ereilt und man mich bittet, den Kartoffeljungen zu zerstückeln.«

Mrs Hail klappte ihr Telefon zu. Das war nicht der Mr Cull, den sie kannte. Der ruhige, sich an den Hut tippende, Lieder summende Mr Cull, der sein Mittagessen am großen Fenster verzehrte, damit er den Kindern beim Hickelkastenspiel zusehen konnte. Nein, dieser Mr Cull war er ganz und gar nicht.

»Nun denn, Mr Cull. Der Ruf hat Sie ereilt.«

»Jawohl, Ma'am.«

»Die Zeit ist gekommen, einem wahrhaft grässlichen Jungen den Kopf abzuschlagen.«

Achtes Kapitel

Und so stürmen sie hinaus auf die Straßen, alle, die Jungen und die Alten, die Mütter und die Väter, die Großmütter und die Großväter, alle schwingen und schwenken wütende Fäuste und Knüppel und ziehen zum Flussufer, um über den kleinen Idaho Winter herzufallen und seine Gefangene, die unschuldige Madison Beach, zu befreien.

Der Bürgermeister ist da. Nachdem er in großer Hast aus seinem Büro gestürzt ist, hat er gerade noch Zeit, sich im Foyer eine Gummipflanze zu greifen. Mit der will er den Jungen verdreschen, und sei es nur, um etwas zu seiner Demütigung beizutragen. Im Park sind zwei Feuerwehrmänner gerade dabei, ein Picknickfeuer zu löschen, als sie den Tumult hören. Sie heben einen alten Mann von einer Bank und halten ihn zwischen sich in der Luft, während sie losrennen. Ihr Plan sieht vor, den jungen Entführer mit dem pickligen Kopf eines schlafenden Mannes so zu verprügeln, dass ihm Hören und Sehen vergeht. Die Polizeibeamten der Stadt feuern im Laufen ihre Gewehre in die Luft. Ein Eisverkäufer ist damit beschäftigt, Hundehaufen in Waffeltüten zu füllen, die er dem bösen Kind schenken will. Krähen schwärzen die Ränder des Himmels, und die Sonne dreht sich so, dass die Schatten magischerweise in Richtung des Jungen zeigen.

In dieser wunderbaren alten Stadt, in der Kinder in selbstgebauten Seifenkisten die sanften Hänge sicherer Straßen hinabsausen und lächelnde Großmütter auf den Fensterbänken ihre Kuchen abkühlen lassen, wird einem Jungen so viel Böses gewünscht – und zwar von allen und jedem –, dass eine vollkommene Harmonie finsterster Abneigung entsteht. Seine Unansehnlichkeit mag erklären, weshalb Leute sich abwenden, wenn sie an ihm vorübergehen, erklärt aber nicht, weshalb sich dieselben Leute danach bücken, die hochhackigen Schuhe von den Füßen ziehen und sie ihm hinterherschleudern. Seine Schüchternheit mag erklären, weshalb er so wenige Freunde hat, hilft uns aber nicht zu verstehen, weshalb seine Klassenkameraden an seinem Geburtstag eine Lotterie veranstalten, um zu ermitteln, wer das Vergnügen haben wird, Kartoffels Gesicht in eine Pfütze zu drücken, während andere seine nackten Füße mit Pappröhren schlagen. Das ist barbarisch und beschämend, aber es geschieht, und niemand stellt es in Frage. Niemand scheint zu glauben, dass ein so böses Verhalten einen Schandfleck in ihrem perfekten, sonnigen, frommen Leben darstellt. In diesem Sinne sitzt der Vertrauenslehrer der Schule, Mr Oncet, gerade in seinem Büro und zittert freudig bei der Vorstellung, dass dies sein letzter Bericht über den armen Idaho Winter sein wird.

Seine langen Bleistiftfinger kratzen nervös an seinen spröden grauen Koteletten. Als das Telefon klingelt, springt er auf.

»Oncet hier.«

Er stößt sich vom Schreibtisch ab und dreht sich auf seinem Drehstuhl. Während er spricht, streicht er mit einem Kamm über die Hosenfalte an seinem Knie.

»O ja. Ich denke, Sie sollten wirklich Fachleute zur Hand haben. Das kleine Mädchen wird die ganze Zeit, die sie in seiner Gewalt verbracht hat, geweint haben. Hm?«

Er steht auf und stopft Papiere in eine dünne Aktentasche.

»Ich werde jetzt aufbrechen. Sie haben ihn in die Enge getrieben? Nahe der Brücke? Gut. Werden sie ihn einfach unter Wasser halten? … Oder? Ach so, ja. Verstehe. Natürlich. Gewahrsam, festnehmen. Ich denke, es ist angemessen, ihm ein paar Fragen zu stellen. Aber danach, das kann ich Ihnen als Experte für gestörte Kinder versichern, darf dieses Kind, wenn es am Leben bleiben soll, nicht mit anderen in Berührung kommen. Das ist richtig. Wir können ihn nicht ins Gefängnis sperren, dafür ist er zu jung, aber wir können ihn an ein gutes, sicheres Abflussrohr oder dergleichen binden … Sie wissen schon … Und wenn der Winter kommt … dafür können wir nichts.«

Mr Oncet nickt ins Telefon und legt dann auf. Er wird sich dem Team anschließen, das am Flussufer wartet, um die kleine Madison zu retten.

Neuntes Kapitel

Die Sonne steht hoch am Himmel und strahlt auf den Fluss herab, wo Madison und Idaho sitzen. Der Blick von oben, unterstützt durch das beobachtende heiße Gestirn, offenbart eine Szene, die Studenten der Naturwissenschaften vertraut ist. Man legt ein Stück Papier über einen Magneten, dann schüttelt man einige Eisenspäne auf die Oberfläche. Die Späne ordnen sich schnell in haarigen Linien an, die das Magnetfeld bilden. Jedes Eisenstückchen nimmt seinen Platz ein, denn es kann der unsichtbaren Anziehungskraft des Magnetismus nicht widerstehen. Von oben können wir beobachten, wie sich die Bewohner der Stadt in der perfekten Reihenfolge ihrer Ankunft in Rudeln zwischen den Bäumen zu beiden Seiten des Ufers drängen, zusammengepresst von der Kraft ihres Wunsches, hier zu sein und zu erleben, wie Idaho Winter endlich erledigt, beseitigt, vernichtet wird.

Idaho und Madison können sie nicht sehen. Sie sitzen da und ahnen nichts von den Massen, die sie zu ihrem zärtlichen Stelldichein gelockt haben.

»Ich glaube, Idaho, mit der Ordnung der Dinge stimmt etwas nicht«, sagt Madison. Über dem Wasser legt sie die Zehen aneinander.

Idaho beobachtet ihre Füße und die Schatten, die sie werfen, wie dunkle Socken, die in der Strömung des Flusses winken.

Und dann bricht alles los.

Vom Geruch der Kartoffel zur Raserei gebracht, stürzt sich der erste Spürhund durch die Rohrkolben. Er springt auf den Jungen zu, eine riesige Bestie mit weit aufgerissenen Kiefern und Nüstern, die feucht sind vom Atem der Mordlust. Idaho fällt rückwärts vom Baumstamm. Er schließt die Augen und bedeckt das Gesicht, während er darauf wartet, dass das Maul des wütigen Hundes seinen Körper zermalmt. KNACK! KNIRSCH! Idaho rollt sich auf die Seite, spürt, wie die Fangzähne in seine Wirbelsäule eindringen, dann erschlafft er. Was ist das? Seine Augen sind geöffnet. Er atmet. Wie kann ich noch leben? Der Schmerz hat nicht angehalten. Sie haben mich nicht gefasst!, denkt er. Was er gespürt hatte, war nur die Wirkung der eigenen Einbildung auf seinen Körper.

Schnell setzt er sich auf und klopft sich ab. Nichts. Keine Bisse. Keine Wunden. Dann hört er einen leisen, unerträglichen, winzigen Schrei. Madison sitzt noch immer auf dem Baumstamm. Sie dreht sich zu ihm um, ihr Gesicht schimmert seltsam, und ihre Lippen sind so weiß wie weiße Mäuse. Idaho zieht sich am Baumstamm hoch und kann gerade noch sehen, wie sich die riesigen Hunde, alle drei, im Wasser kläglich um irgendeinen Bissen streiten. Sie knurren und schnappen, dann schleudern sie das Ding in die Luft. In der kühlen Luft unter den Bäumen, die in den Fluss hängen, dreht sich Madisons kleiner rosiger Fuß, schmal und perfekt wie ein Talisman, den man von einem Armband gerupft hat, um die eigene Achse. Dann fliegt der andere in die Luft, ihr anderer Fuß über den auf- und zuklappenden Fangzähnen der Höllenhunde. Sie haben tatsächlich Idaho attackiert, denn sie haben jene schwache Spur von ihm attackiert, die er auf Madisons Fußsohlen hinterlassen hat. Die dort zurückgebliebene Freundlichkeit, wahrhaftig, der Überrest des einzigen schönen Augenblicks in seiner gesamten elenden Existenz, ist für die Teufelshunde zum Köder geworden. In den

Bäumen hängen die Gesichter der Stadtbewohner wie Hunderte von Uhren. Der Moment ist zu schrecklich. Keiner kann sich bewegen oder reden. Selbst Madison hat sich nicht bewegt. Wie sollte sie auch? Sie hat ja keine Füße.

Idaho steht auf. Ich muss zugeben, dass mich das alarmiert, denn als Erzähler der Geschichte bin ich mir sicher, dass ich Oncet ursprünglich hatte sprechen lassen, bevor Idaho aufsteht. Aber ich könnte mich irren. Vielleicht spricht Oncet auch, nachdem Idaho aufgestanden ist. Aber dann läuft Idaho weg. Er rennt davon. Und das, lieber Leser, ist wirklich sehr seltsam. Vielleicht halten Sie es für normal, wegzulaufen. Vielleicht halten Sie es sogar für entschuldbar. Der arme Junge ist nun unsagbar unglücklich, er hat keinen Grund zu der Annahme, dass man nicht ihn für diese entsetzliche Gräueltat verantwortlich machen wird. Nein, dass er wegläuft, ist aus dem einfachen Grund seltsam, dass es nicht zu der Geschichte gehört, die ich erzählen will.

Es war tatsächlich Oncet, der sprechen sollte. Jetzt erinnere ich mich wieder deutlich. Er spricht und sagt etwas Trauriges und Wahres über die ungerechte Art und Weise, in der Idaho verfolgt wurde; sie sei die unmittelbare Ursache dafür, dass Madison ihre Füße verloren habe. Das ist es, was er sagt. Dann sagt er, die Ungerechtigkeit, dass das arme Mädchen ein Leben ohne Füße führen müsse, sei ein äußeres Zeichen für die innere Blindheit bezüglich der Folgen des grausamen Verhaltens gegen die Kartoffel. Und dann ließ ich die Stadtbewohner dort, wo sie standen, Platz nehmen, mit traurigen, bedauernden Mienen und schweren Herzen, weil der Hass, den sie in ihren Seelen genährt hatten, mit solch gnadenloser Wut über die Unschuld hergefallen war. Dies war die große, bedeutungsvolle Szene, die ich beschreiben wollte. Sie können sich vorstellen, wie befriedigend sie ausgefallen wäre. Stattdessen ist Idaho ohne meine Einwilligung aufgestanden und dem Schauplatz entflohen, den ich so sorgfältig vorbereitet hatte. Da läuft er, über die Böschung und durchs Gestrüpp. Ich finde es lächerlich, aber ich folge ihm. Hinter mir höre ich die Schreie des Mädchens. Sie schreit! Das war ganz und gar nicht Teil meiner Geschichte, ich schwöre es. Irgendwas ist furchtbar schiefgelaufen.

Während ich Idaho nachjage, meine Beine von Goldruten gepeitscht, meine Wangen von schrecklichen Fliegen geplagt, höre ich hinter mir wütendes Gebrüll. Die ganze Stadt jagt ihm nach! Ich werfe einen Blick über die Schulter und sehe, wie sie Steine und Stöcke über den Köpfen schwingen, während sie dem fliehenden Jungen nachsetzen. Es ist entsetzlich. Bestimmt werden sie ihn umbringen, statt, wie ich es sorgfältig geplant hatte, in einem Heilungskreis zu sitzen und zu sagen, wie leid es ihnen tut, dass sie so gemein waren. In diesem Augenblick sollte sein Herz neu geboren werden, wie bei einem furchtbaren Bösewicht, der die Welt plötzlich mit neuen Augen sieht und der beste Mensch von allen wird. Das sollte passieren, und ich wollte eine besondere Operation einbauen, bei der Idahos Füße an Madisons Beinen befestigt werden und die Bürger der Stadt sich erbieten, für den Rest ihres Lebens seinen Rollstuhl zu schieben. Es sollte die großartigste Geschichte menschlicher Erlösung werden, die je erzählt wurde! Der altersschwache Mr Oncet schiebt Idahos Stuhl die Rampe zur Bücherei hinauf. Kein Auge würde trocken bleiben. Meine Geschichte würde jedermanns Leben verändern. Aber nein. Jetzt nicht mehr. Jetzt ist er davongerannt, wer weiß wohin, und die Stadt scheint sogar noch mordlustiger geworden zu sein. Und das arme Mädchen liegt auf dem Rücken, winkt mit zwei traurigen Stümpfen in den Himmel und verflucht zweifellos alle.

Ich klettere eine Sanddüne hinauf, die zu einem Fußballplatz führt, und am anderen Ende erspähe ich Idaho, der sich zwischen den Torpfosten hindurch schnell auf die leere Straße zubewegt. Leer, vermute ich, weil sich alle dem randalierenden Mob angeschlossen haben, der den Fluss hinauf auf mich zustürmt wie eine Herde Wildpferde. Auf der Straße klettert Idaho auf etwas, das wie ein geparktes Moped aussieht. Ich renne, so schnell ich kann, doch das Moped flitzt davon und verschwindet am Stadtrand in Richtung von Idahos Haus. Ich bin völlig außer Atem. Ich bin in eine Geschichte hineingerannt, die ich eigentlich nur erzählen sollte. Ich sollte bequem dasitzen, meine Gedanken sammeln und sie sorgsam zu ordentlichen Sätzen zusammenfügen, und nicht zusammengekrümmt auf einem Sportplatz liegen, der in der Geschichte, wie ich sie zu erzählen begonnen hatte, nur ein flüchtiges Detail darstellt. Ich muss weiter, denn ehrlich gesagt haben die wütenden Stadtbewohner hinter mir ein paar Äste angezündet, mit denen sie bedrohlich herumfuchteln, während sie sich nähern. Ich kann nicht mit Sicherheit sagen, dass sie nicht auch mir etwas antun wollen. Seltsam, dass ich jetzt ein Ich bin, eine weitere Person im Freien, die der Gewalt der Erzählung ausgesetzt ist, aber ich hoffe, später wird Zeit sein, genauer zu untersuchen, wie meine Geschichte auseinandergebrochen ist. Ich laufe zur Seite, um ihnen aus dem Weg zu gehen, in der Hoffnung, dass sie mich übersehen. Und das tun sie. Wie eine wahnsinnige Herde stürmen sie heran, donnern mit schweren Füßen über den Boden und zersplittern die Luft mit Kriegsgeschrei aus weit aufgerissenen Mündern. Offenbar habe ich diese Geschichte mit einer beeindruckenden Anzahl von Figuren bevölkert.

Eigentlich bin ich mir nicht sicher, aber es sind wohl mehr Leute hier, als ich in Erinnerung habe. Inzwischen kann ich mir gar keiner Sache mehr sicher sein. Ich warte, bis der Mob die Straße hinaufgelaufen und um die Ecke verschwunden ist, dann nähere ich mich einem Auto, das neben dem

Spielfeld parkt. Die Fenster sind heruntergelassen, die Schlüssel liegen auf dem Sitz. Hier scheinen sich die Dinge von selbst zu regeln. Ich steige ein, lasse den Motor an und rase in Richtung Glen Avenue, wo ich, wenn ich mich nicht irre, die Stadtbewohner überholen und vor ihnen am Haus der Familie Winter eintreffen kann.

Zehntes Kapitel

Die Tür zum Haus der Winters steht offen. Der Flur ist mit Maishülsen übersät. Blutbespritzte Maiskolben. Es gab in dieser Geschichte eine Stelle, wo Early seinem Sohn Maishülsen in die Rückenhaut nähte – als eine Art Herbstjacke für die Zeit, wenn es kälter wird. Ich weiß, ich hatte mit dem Gedanken gespielt, sie einzufügen, bin mir aber nicht ganz sicher, ob ich es wirklich getan habe. Aber darauf kommt es jetzt nicht an. Ich höre die Tür des Garderobenschranks zuklicken.

»Was wollen Sie?«

Early mit seiner großen, schmierigen, bösen Fresse, dem Übelkeit erregenden, süßen Atem von verrottendem Fleisch, nur wenige Zentimeter von mir entfernt. Ich wünschte, ich hätte ihn zu einer hilfsbereiteren Romangestalt gemacht.

»Ich möchte … ich möchte … helfen.«

Mehr bringe ich nicht heraus. Ich habe noch nie Dialoge geschrieben, bei denen ich selbst spreche. Wenn man mit einer widerwärtigen Figur aus eigener Einbildungskraft konfrontiert wird, kann man sich schon mal verheddern.

Early grunzt und kneift ein Auge zu. Durch eine schmutzige Rinne in seinem Zahnfleisch saugt er braunen Speichel von der Lippe. Ich weiß nicht, was er tun wird. Ich kann kein Risiko eingehen. Ich stoße ihn, so fest ich kann. Beide Hände bohren sich in seine Brust, und er weicht zurück. Er krümmt sich zusammen und stürzt. Er ist schwächer, als ich dachte. Ich spüre, wie die langen Haken seiner gelben Zehen an meinen Schienbeinen kratzen, als ich zur Schranktür hechte, sie öffne und kopfüber ins Dunkel falle.

Auf dem Schrankboden sitzt Idaho, seine Augen lugen unter dem schweren Mantel hervor, der über ihm hängt. Wir starren einander an. Mein Atem kommt mir sehr laut vor. Ich schlucke. Er beugt sich vor, um mich zu sehen.

»Wer sind Sie?«

Darauf habe ich keine klare Antwort. Das ist definitiv ein Gebiet, auf dem ich mich nicht betätige.

»Ich bin niemand.«

Idaho sieht mir in die Augen. Seine sind schiefergrau. Das wusste ich nicht. Zumindest Sie wussten es nicht. Will sagen, bis jetzt hatte ich sie noch nicht beschrieben. Wie kann etwas, das ich erfunden habe, mit Einzelheiten versehen sein, die nicht von mir stammen?

»Sie sind jemand. Was tun Sie hier?«

Ich schaue mich um. Der Schrank ist dunkel. Unsere Gesichter werden von unten beleuchtet, von einem weichen Licht, das durch die Türritze dringt. Ich reibe mir das Kinn, um den Eindruck zu erwecken, ich würde nachdenken. Ich habe leichte Bartstoppeln. Ich schaudere und frage mich, wie solche Details über mich zum Vorschein kommen. Woher stammen sie? Wie lauten hier die Regeln?

»Als du fünf warst, wolltest du alle verschwinden lassen, und so hast du drei volle Tage mit geschlossenen Augen verbracht.«

Selbst im Dunkeln kann ich sehen, wie die Farbe aus Idahos Gesicht weicht. »Woher wissen Sie das?«, fragt er.

Ich lächele und versuche, freundlich zu wirken, mitfühlend.

»Als du deine Augen geöffnet hast, um zu sehen, ob die Welt noch vorhanden ist, waren deine Schuhe weg, das einzige Paar Laufschuhe, das man dir je gekauft hat. Du hast die Augen geöffnet, und die Schuhe waren verschwunden. Sie sind vor dir weggelaufen. Da wusstest du, dass nicht nur die Menschen grausam zu dir waren, sondern ebenso die unbeseelte Welt. Auch Gegenstände hassten dich.«

»Wer sind Sie?«

Ich senke leicht den Kopf. Er hat noch nie Respekt erfahren. Ich denke, um die Situation zu entschärfen, sollte ich ihm ein wenig Respekt zeigen.

»Wer sind Sie?«

»Ich bin Schriftsteller.«

»Woher wissen Sie diese Dinge über mich?«

»Ich habe sie geschrieben.«

Er hält einen Moment inne. Dergleichen kann man nicht so schnell glauben. Würde ich Ihnen sagen, dass alles an Ihnen von jemandem erfunden wurde, dass alle Ihre Gedanken, alle Ihre Erinnerungen, sogar die Dinge, die Sie sagen, erfunden sind und nicht real, dass Sie nicht real sind, würden Sie mir glauben? Ich denke nicht.

»Ich glaube Ihnen.«

Er glaubt mir. Einfach so.

»Bist du dir sicher?«

Er ist sich sicher, und ich denke, ich weiß, warum. Möglicherweise hat er zum ersten Mal in seinem Leben etwas Glaubhaftes gehört. Ich muss gestehen, dass ich ein falsches Spiel mit dem alten Idaho gespielt habe. Verschwundene Schuhe und verrückte Hassverschwörungen – solchen Dingen mangelt es an Wahrhaftigkeit. Seine Welt, so wie ich sie geschrieben habe, ist nicht besonders glaubwürdig. Offenbar hat er das die ganze Zeit geahnt. Er wirft mir einen sehr bösen Blick zu.

»Warum?«

Ich lächele wieder. Ich gebe mir große Mühe, den Eindruck zu erwecken, dass ich auf seiner Seite stehe. »Warum? Nun, das ist eine gute Frage. Das Erzählen von Geschichten macht uns zu Menschen. Es unterscheidet uns von Tieren. Es macht uns, die –«

»Nein. Ich meine, warum haben Sie mein Leben so elend gemacht?«

»Also, das sollte alles bald enden. Wenn du dich damit abgefunden hättest …«

»Wenn ich mich damit abgefunden hätte? Damit *abgefunden* hätte? Die Verkehrshelferin lenkt die Fahrzeuge so, dass die Autos mich überfahren! Leute züchten Hunde, nur um mich zu töten! Meine Geschichte ist so grausam, dass sie nicht mal glaubhaft ist!«

»Nein, vielleicht hast du recht. Vielleicht bin ich ein bisschen zu weit gegangen, aber heute wollen die Leute ja nichts anderes. Sie erwarten, dass Kinder in der Literatur schlecht behandelt werden. Alle wollen, dass schlecht mit ihnen umgesprungen wird. Damit … nun ja, damit wir uns alle gestärkt fühlen, wenn sie über das Böse triumphieren. Das ist inspirierend.«

»Ein Hund hat meiner einzigen Freundin die Füße abgefressen, weil ihnen mein Geruch anhaftete.«

»Ja, du hast recht. Ich gebe zu, das ist schlimm. Möglicherweise bin ich kein so guter Schriftsteller wie manch andere. Einige Dinge mögen etwas überzeichnet wirken, etwas drastisch. Aber diese schrecklichen Dinge kommen nicht von ungefähr!«

»Ach, wirklich?«

»Wirklich. Es wird eine Szene geben, in der Madison im Krankenhaus erklärt, wie du ihr die Füße gewaschen hast, und alle sagen: ›Du meinst, eigentlich ist er ein nettes Kind?‹ und solche Sachen – alle ändern komplett ihre Meinung über dich. Sie rufen einen speziellen Idaho-Feiertag aus, an dem jeder in der Stadt ermutigt wird, ein vernachlässigtes Kind zum Mittagessen auszuführen, und ich muss dir sagen, wenn die Geschichte an manchen Stellen nicht ganz so feinsinnig war – das alles verzeiht man, wenn auf den Straßen die Liebe zu sprießen beginnt. Du bist der Held, Idaho.«

Ich schmunzele. Ich lege großen Wert auf diese Geschichte, und ich denke, selbst wenn ich den Schluss jetzt verrate, ist es doch ein ziemlich gutes Gefühl, Idaho die Nachricht persönlich zu überbringen. Schließlich bin ich derjenige, der dem Ganzen am Ende einen Sinn gibt. Warum nicht schon vorher etwas Genugtuung verspüren?

Idaho lächelt nicht. Er hat einen finsteren Blick in seinen Augen. Und dann ein kleines Funkeln. Da, es ist schön. Es ist wunderbar, zu sehen, wie er sich über das Leid erhebt, indem ich ihn an einen besseren Ort führe. Vielleicht wird es jetzt ein besseres Buch.

»Das alles ist erfunden? Alles, was da draußen vor sich geht, haben Sie sich nur ausgedacht?«

»Alles erfunden«, lache ich. »Heute ist es sonnig, denn offen gesagt, in Wetterbeschreibungen bin ich ziemlich schlecht. Da gerate ich immer ins Stocken.«

»Und niemand da draußen weiß es?«

»Ehrlich gesagt, dass du es weißt, ist ein bisschen schockierend. Nein, ich werde wirklich nicht schlau aus dir.«

»Vielleicht wird es Zeit, dass ich schlau aus mir werde.«

»Ja. Diese Lektion wird durch das Ende der Geschichte angedeutet. Du wirst frei sein, du selbst zu sein, der zu sein, der du sein willst. Weißt du, die Moral einer Geschichte hält fast nie einer Überprüfung stand. Es reicht, sich vorzustellen, dass wir am Ende alle in bester Verfassung sind. Etwas in dieser Art.«

Idahos funkelnde Augen huschen zur Schranktür, danach zu mir. Und dann stößt er mich um. Ich falle auf den Schrankboden. Die Tür geht auf und schließt sich wieder. Er ist draußen!

Einen Moment liege ich entgeistert da, mit meinen Händen auf dem Schrankboden. Ich spüre feinen Staub. Wie kommt der hierher? Ich kann sehen, dass es einen Boden gibt. Ich meine, wenn man sagt, da steht ein Schrank, sind seine Bestandteile mitgemeint, nicht wahr? Ein Boden, hängende Mäntel, einige Schuhe, vielleicht ein paar Schachteln – diese Dinge werden automatisch hinzugefügt, wenn man einen Schrank in die Geschichte einbaut. Aber Staub? Eigentlich eher Sand. Wie gelangen solche Details in die Geschichte?

Ich stehe auf, schiebe die Mäntel beiseite und trete gegen Schachteln. Ich muss hinausfinden, mich an den Leuten vorbeistehlen und denselben Weg zurückgehen, den ich gekommen bin. Ich würde gerne glauben, dass ich eingeschlafen bin oder so, bin mir aber ziemlich sicher, dass das nicht der Fall ist. Es ist immer noch ein Buch, oder? Sie, der Leser, lesen. Ich bin hier. Stehe in der Dunkelheit. Dunkelheit. Ein gutes Wort, nicht wahr? Es passiert nicht oft, dass wir einen Vorgang so deutlich vor uns sehen: Sie oben, das Wort unten und dann, noch weiter unten, ich. Nur, dass ich gar nicht hier sein sollte. Meine Geschichte sollte hier sein. Ich muss hier weg.

Langsam drücke ich die Tür auf, um vorsichtig hinauszuspähen. Ich will nicht auf Early treffen. Ich wünschte, ich hätte seine Gemeinheit etwas abgemildert.

Keine Zeit,
um mit Bestimmtheit zu sagen

Die Tür lässt sich nur einen Spaltbreit öffnen, dann stößt sie gegen etwas Weiches. Ich drücke fester, aber sie lässt sich nicht weiter aufmachen. Ich recke den Hals, um zu sehen, was dahinter liegt. Eine Wand aus Schuppen. Aus tellergroßen Schuppen. Genau das ist es. Ich denke, auf die üblichen Feinheiten der Beschreibung können wir verzichten, oder? Ich erfinde keine Dinge mehr. Ich habe diese geschuppte Wand, die mir den Weg versperrt, nicht hierhergestellt. Sie lässt sich nicht mal besonders einfach beschreiben. Grünlichblau. Ich strecke die Hand aus, um sie zu berühren. Die Wand ist rau, fast sandpapierartig. Plötzlich bewegt sie sich! Die ganze Wand bewegt sich, reibt ihre Haut an der Tür. Die Haut platzt auf und bleibt an der Türöffnung hängen, während die Wand selbst weitergleitet. Ich glaube, sie häutet sich. Ja, das ist es. Während sie sich vorwärtsschiebt, benutzt sie die Tür, um ihre alte Haut abzustreifen. Sie häutet sich. Die Wand muss eine Schlange sein. Eine Riesenschlange. Die größte Schlange aller Zeiten.

Idaho.

Idaho erfindet Dinge. Um mich gefangen zu halten, hat er eine Riesenschlange eingefügt. Ich ziehe die lose Haut an meinen Füßen vorbei und schiebe sie in den hinteren Teil des Schranks, dann werfe ich mich mit meinem ganzen Gewicht gegen die Tür. Sie geht ein Stückchen weiter auf. Ich zwänge mich hindurch und höre ein Geräusch. Ein weinendes Mädchen. Da vorn ist ein weinendes Mädchen. Ach, Idaho! Was hast du getan? Ich renne aus dem Zimmer in den Flur. Die Schlange gleitet neben mir dahin, ihr Körper so lang wie das Gebäude, so hoch wie mein Kopf. Der Flur sollte nicht so lang sein! Die Schreie des Mädchens werden immer lauter. Dann erreiche ich den Kopf der Schlange. Nur ist es kein Kopf.

Der Hals der Schlange verjüngt sich zu einem Torso: Early Winters Oberkörper. Er brüllt, rudert mit den Armen und hämmert mit den Fäusten auf den Boden. Seine Stimme klingt grässlich hoch und dünn, weil sein Mund zu einem winzigen Loch unter der Nase zusammengeschrumpft ist – einem kleinen Pfeifenloch, dem ein schreckliches, durchdringendes Fiepen entweicht. Am Ende des riesigen Schlangenkörpers dreht und windet er sich. Während er hin und her zuckt, sind seine Augen geschlossen. Schmerz. Dann blicke ich zur anderen Seite der Schlange. Sein geifernder Hund verschlingt den Teil, wo die Schlange zum Menschen wird. Er schlägt die Zähne in das Fleisch zwischen dem Schlangen- und dem Menschenteil und schüttelt es, auf den Boden ergießen sich Blut und orangefarbenes Fett. Ich kann es nicht ertragen, noch einen Moment länger zuzusehen. Es ist die grauenvollste Szene, die ich mir ausdenken könnte. Aber nicht ich habe sie mir ausgedacht, oder? Sie ist Idahos Werk, ist sein Tun. Das Erste, was er sich ausgedacht hat. Seine eigene grausame und ungestüme Rache, die er sich überlegt hat, kaum dass er den Schrank verlassen hatte. So wie es aussieht, hat er sich allerdings nicht allzu viele Gedanken gemacht. Es war überhaupt nicht durchdacht; eher ein jähes, groteskes Gefühl, das da zum Leben erwacht sein musste. Ich kann hier nicht bleiben. Die Gedankenlosigkeit der Szene erschreckt mich bis ins Mark.

Warte.
Bin ich hier der Idiot?

Ich schaffe es bis zur Haustür und versuche, wieder ruhig zu atmen. Ich blicke mich zum Haus um, es wirkt ganz normal. Innen wirkte es riesig, verzerrt, um die volle Länge der Riesenschlange aufnehmen zu können, aber von außen ist es einfach ein Haus. Idaho hat kein Interesse daran, seine Geschichte zu *erzählen*, er übt grausame Rache an ihr. Nichts ist verlässlich, die Wirklichkeit ist zerbrochen. Von der Veranda aus suche ich die Straße ab. Alles sieht so aus, wie ich es zurückgelassen habe. Gepflegte Grundstücke und kleine Häuser mit Auffahrten von der Straße. Hier und da Autos. Ich erinnere mich an den weißen Lieferwagen, der auf der Straße parkt. Den habe ich dort abgestellt. Oder besser gesagt, den habe ich dort beschrieben. Der Himmel ist klar, bis auf ein paar zarte Wolken. Das ist mein Standardwetter. Ich sagte Ihnen ja schon, in meteorologischen Details bin ich nicht sehr bewandert.

Das ist meine Geschichte. Vielleicht hat Idaho hier aufgehört. Vielleicht ist er nach der abscheulichen Sache mit Early stehen geblieben, um zu verschnaufen. Vielleicht hat er sich selbst erschreckt. Das ist nur eine Vermutung. Ich versuche, mich in ihn hineinzuversetzen, herauszufinden, was er als Nächstes getan hat. Ich wünschte, ich könnte einfach schreiben, was er tut. Vielleicht sollte ich es versuchen. Los geht's: Zügig lief Idaho den Bürgersteig entlang nach Hause. »Zügig«, denke ich, suggeriert eine Art von Leichtigkeit, bedacht, aber nicht düster. Nicht ängstlich. Zügig. Mach schon, Idaho. Bitte, lauf zügig den Bürgersteig entlang. Bitte, bitte.

Er kommt nicht. Gerade will ich die Veranda verlassen, da bleibe ich mit dem Zeh mitten in der Luft an etwas hängen. Ich werde versuchen, es zu erklären, aber es wird einige Vorstellungskraft Ihrerseits erfordern. Denn es ist nichts, worüber Sie oder ich jemals in einem Buch gelesen haben.

Was ich gerade beschrieben habe, die Straße, die Autos, der Himmel, ist in Wahrheit flach. Es ist ein Bild auf einem Bildschirm. Als mein Zeh das untere Ende des Bildschirms berührte, zog er die Mitte herab, und das Bild, vom Garten bis zum Nachbarhaus auf der anderen Straßenseite, neigte sich. Meine Straße, der Schauplatz meiner Geschichte, ist nicht länger Wirklichkeit. Sie befindet sich vor mir auf einem Vorhang oder einer Kulisse, ist aber nicht real. Mir wird klaustrophobisch zumute. Ich habe Mühe zu atmen. Was, wenn Idaho mich am Atmen hindern kann? Und warum nicht? Wenn er tun kann, was er dort hinten mit Early getan hat, wäre es ein Kinderspiel für ihn, mich am Atmen zu hindern. Ich kann nicht atmen. Ich gerate in Panik. Ich gehe auf ein Knie und schließe die Augen, versuche, mich zu beruhigen, und bald wird mein Atem wieder regelmäßiger. Ich muss die Kontrolle behalten. Ich muss mich zusammenreißen.

Stimmen. Menschen reden. Sie klingen einigermaßen normal. Wie normale Menschen, die reden. Ich stehe auf und blicke wieder auf die Straße. Sie bleibt, wie sie ist. Nichts bewegt sich. Zwar ist sie immer noch eine Art Bild, aber ich kann Stimmen hören, die immer lauter werden. Diese Ecke der Welt verdunkelt sich, dann wölbt sie sich nach außen. Eine Hand. Jemand stellt sich zwischen mich und die Dinge, die ich sehe. Ich hoffe, Sie verstehen, was ich beschreibe;

wenn ich könnte, würde ich ein Bild oder ein Diagramm zeichnen, denn ich möchte wirklich, dass auch Sie diese außergewöhnlichen Dinge vor sich sehen. Es ist sehr wichtig, glauben Sie mir, dass Sie Zeuge dessen sind, was in meinem Buch geschieht.

Ein Mann tritt aus dem Dunkel am Rand des Bildschirms, dann ein weiterer Mann, danach eine alte Frau. Eine Schar alter Menschen bahnt sich einen Weg über die Vorderseite der Vorhangwelt.

»Hallo.«

Als sie meine Stimme hören, bleiben sie stehen. Ich lächele. Ich bin erleichtert und verunsichert zugleich, dass sie mich wahrnehmen. Es bedeutet, dass ich wirklich Teil dieses Fiaskos bin.

»Wer sind Sie?«

Eine Antwort auf diese Frage will ich mir nicht einmal ausdenken, und so gebe ich die Frage zurück. »Wer sind *Sie*?«

Sie werfen mir verschlagene Blicke zu. Sie alle sind so alt. Älter als alte Menschen. Ihre Haut ist farblos, ihre Augen sind stumpf und grau.

»Wir wissen es nicht«, sagt ein zerknitterter alter Mann.

Sie sehen traurig aus und betrachten mich mit großem Mitleid. Riesige rotgeränderte Augen, die verloren wirken. Der zerknitterte Mann, der gesprochen hat, versucht zu lächeln, dann setzt er sich in Bewegung und führt die Gruppe im Gänsemarsch an der Vorderseite des Straßenbildes entlang, fort vom anderen Ende. Die anderen, die ihm folgen, blicken nicht auf. Es sind viele, es scheinen immer mehr zu kommen, jeder hält sich am Hemdrücken des Vordermanns fest, während sie kraft- und ziellos weitergehen. Dann erkenne ich eine Bluse. Am Muster. Große Rosen, Rot auf grellem Königsblau. Die Bluse habe ich schon einmal beschrieben. Es ist der Mob. Dies sind die Leute, die Idaho durch die Stadt gejagt haben. Wie ich mich erinnere, haben sie am Ende mich gejagt, doch als ich sie das erste Mal beschrieb, waren sie hinter ihm her. Und waren nicht alt. Wie viel Zeit ist vergangen? Sind diese Leute im Gänsemarsch am Rand des Bildes marschiert, ohne ins Bild gelangen zu können? Ich halte die Frau mit der Rosenbluse an. Sie lächelt schwach.

»Ja, junger Mann? Kann ich Ihnen behilflich sein?«

»Wie lange sind Sie schon hier?«

Als sie stehen bleibt, bleiben alle stehen. Sie blicken nicht auf; sie bleiben einfach stehen. »Zweihundertneunundvierzig Jahre«, sagt sie, »drei Monate, vierzehn Tage, sechs Stunden, dreiundzwanzig Minuten und fünfundvierzig, sechsundvierzig, siebenundvierzig –«

»Aber das ist unmöglich! So lange kann man nicht leben.«

»Es gefällt keinem von uns, aber wir sterben nicht. Die meisten unserer Organe haben schon vor mehr als einem Jahrhundert versagt, und wir sind blind wie Fledermäuse, aber wir sterben nicht. Wissen *Sie*, was wir tun?«

Die arme Frau hat keinen blassen Schimmer. Und wie die anderen ist sie, soweit ich es beurteilen kann, real. Ein trauriger und verlorener Mensch. Plötzlich habe ich großes Mitleid mit ihnen, spüre die Last einer schrecklichen Verantwortung. Niemandem habe ich jemals Leid an den Hals gewünscht – niemandem außer Idaho –, aber irgendwie ist ihr Leid meine Schuld. Als ich spreche, höre ich, wie meine Stimme bricht. Tränen laufen mir übers Gesicht.

»Es tut mir leid. Ich weiß es nicht. Es tut mir so leid. Können Sie sich an irgendetwas erinnern?«

»Ach, bitte nicht weinen. Es gibt nichts Schlimmeres als Weinen. Sie dürfen die Hoffnung nicht aufgeben.« Sie nimmt ihre Hand vom Rücken des Mannes vor ihr und berührt meinen Arm. Mit der anderen Hand berührt sie mein

Gesicht. Sie streckt sich, ich höre, wie ihr winziger Körper dabei fast zerbricht, und küsst meine Wange. »Alles wird gut. Wir dürfen die Hoffnung nicht aufgeben.«

Die Worte sind unerträglich. Ich weiß, dass es keine Hoffnung gibt. Als Idaho vor Hunderten von Jahren hier vorbeikam, hat er sie sich selbst überlassen, vermutlich, weil er sich auf andere Dinge konzentrierte und diese Menschen nicht für sonderlich wichtig hielt. Er hat es versäumt, ihnen ein Schicksal zu geben. Sie sind schicksallos. Sie laufen nirgendwohin, ohne Ende und ohne Ziel. Ich schlage die Augen auf und sehe, dass sich die Menschenkette vor mir weiterbewegt. Die Kette ist unterbrochen. Ich ergreife die Hände der Frau und drehe sie zu mir.

»Warten Sie! Warten Sie!«

Ich trete vor, doch die anderen sind schon halb im Dunkel jenseits des Randes verschwunden.

»Kommen sie zurück? Werden sie umkehren und wieder hierherfinden?«

Sie greift in die leere Luft vor ihr.

»Ach, du liebe Zeit. Das muss es sein.«

Sie lächelt und wendet sich um zu der Menschenschlange hinter ihr.

»Wir haben angehalten.«

Die blinden Menschen lassen einander los und lächeln, sie strahlen und richten die faltigen Gesichter zum Himmel. Sie klatschen über ihren Köpfen in die Hände, die trüben Augen dieser armen Menschen sind von Freude erhellt.

»Endlich ist er gekommen.« Die Frau wendet sich halb zu mir und schließt die Augen. »Haben Sie es zu Ende gebracht? Ist es das? Wird es wehtun?«

Ich bleibe einen Moment stehen und versuche zu begreifen, wo wir sind. Es ist, als wären wir am Rand einer Bühne und stünden hinter dem Vorhang in den Kulissen. Das ist die einzige Beschreibung, die auf diese seltsame Szene passt. Ich sollte in der Lage sein, den Vorhang zu heben und hinauszutreten auf die Bühne. Ich strecke die Hand aus, und die Straßenszene schwebt hin und her. Ich werde es schaffen. Ich werde dort hinausgehen, aber zuerst wende ich mich der armen Frau neben mir zu.

»Es ist noch nicht das Ende.«

Ich umfasse ihre knochige Schulter.

»Ich verspreche, dass ich zurückkomme. Ich verspreche, dass ich das Ende für Sie finden werde.«

Sie sieht verwirrt aus, akzeptiert jedoch meinen Kuss auf ihre kalte Wange. Ich schwöre hier und jetzt, dass ich diese Menschen zu Ende bringen werde, dass ich dieses Buch ordentlich beschließen und jedem, selbst dem eiligst Herbeiphantasierten, ein ehrenvolles Schicksal vergönnen werde. Herz und Hirn schwer von diesen heiligen Gelübden, beuge ich mich vor, hebe die Unterseite der Welt auf und über meinen Kopf, sodass sie hinter mir zu Boden sinkt.

Nervös macht mich nervös

Es ist Nacht. Ich glaube, es ist Nacht. So dunkel. In der Ferne kann ich eine Straßenlaterne sehen. Es sind mehrere, in gleichmäßigen Abständen. Und darunter ist ein Gehsteig zu erkennen. Das sieht einigermaßen normal aus. Schwer zu sagen, ob das noch mein Buch ist. Straßenlaternen auf einer Straße bei Nacht. Vielleicht wird es sich beruhigen. Vielleicht wird dieser Teil des Buches solider sein. Ich werde auf die Straßenlaterne zusteuern. Der Boden unter mir fühlt sich an wie Gras. Ein Rasen vermutlich. Ich laufe also nachts über jemandes Rasen, um zum Gehsteig zu gelangen. Offenbar alles in Ordnung. Als ich mich dem Lichtkegel nähere, sehe ich eine Frau auf mich zukommen. Sie hat langes schwarzes Haar, das aussieht wie eine Perücke. Sie hat keinen Körper. Sie ist ein Kopf, der in der Luft schwebt. Ich sehe, wie sich wulstige, froschähnliche Augen öffnen und ein breiter, zahnbewehrter Kiefer herunterklappt. Etwas stößt mich zur Seite, hart gegen meinen Arm, treibt mich zurück ins Dunkel. Der Kopf mit der Perücke bleibt am Rand des Lichtkegels stehen, das rote, rote Maul ist weit geöffnet wie eine Bärenfalle. Während er so schwebt, zucken die Augen wie wild. Schnapp, schnapp, schnapp! – das Maul schnappt zu.

»Was tun Sie da?«

Eine vertraute Frauenstimme. Ich merke, ich bin zu Boden geworfen worden, und schiebe die Hände der Frau von meinem Arm.

»Was war das?«, frage ich.

Die Frau atmet durch die Nase laut aus. Ich kenne diese Person. Sie kennen sie auch. Ich wünschte, Sie könnten ihre Stimme hören. Ich frage mich, ob sie mich sehen kann.

»Was war das für ein Ding?«

»Eine Mombat, eine Mutter-Fledermaus. Nachts muss man im Dunkeln bleiben. Wenn eine dieser Mombats Sie beißt, kann man nicht mehr viel für Sie tun.«

Ich schaue zu der Kreatur hinüber, die noch immer im Lichtschein schwebt. Das breite Maul jetzt geschlossen, die großen Augen verschleiert. Ich glaube, am Rand des Lichtkegels noch ein paar Mombats sehen zu können. Sie alle haben das gleiche Gesicht. Es kommt mir bekannt vor, ist nur schwer zu erkennen unter den großen Perücken. Ich spüre, wie es mich kalt überläuft, ein Anflug echter Angst. Die Köpfe sind der Kopf von Idahos Mutter. Mom-bats. Was geht hier vor?

»Wer sind Sie?«

Da ist sie wieder, diese Frage. Ich muss mir eine Antwort einfallen lassen.

»Ich weiß nicht, wer ich bin.«

»Das ist in Ordnung. Nichts Ungewöhnliches. Gehen wir hinein.«

Sie hilft mir auf, und wir entfernen uns von den Mombats ins Dunkel hinein. Ich schreite eilig aus. Ich will wirklich möglichst weit weg von den Mombats.

»Hier unten.«

Im Boden vor mir ist ein glühendes Loch. Ich beuge mich vor, um hinunterzuschauen – eine Art Kanalisationsrohr. Ich will mich berichtigen, will sagen, dass Einstiegsschächte nur in Straßen eingelassen werden, nicht auf Rasenflächen, aber ich gebe es auf. Ich bin nicht länger derjenige, der diese Geschichte schreibt.

Ich steige als Erster hinab. Die kalten Metallsprossen sind stabil, und die Luft, warm und stechend, passt zur Umgebung. Als ich unten ankomme, stehe ich knöcheltief in Wasser. Jetzt sehe ich, mit wem ich gesprochen habe. Ms Joost, die Verkehrshelferin, springt neben mir ins Wasser und macht meine Schienbeine nass.

»Ms Joost!«

Sie drückt mich nach unten, schiebt mir das Stoppschild unters Kinn und lehnt sich dagegen. Sie könnte mich erwürgen. Ich könnte in einem Abwasserkanal sterben, in einem Buch, das ich nie geschrieben habe. Deshalb sind Sie so wichtig. Was immer Sie tun, hören Sie nicht auf zu lesen. Ich könnte Sie irgendwann brauchen.

»Woher kennen Sie meinen Namen?«

»Es tut mir leid. Ich kenne ihn eben.«

»Woher kommen Sie?«

Ich glaube, ich muss sagen, was ich hier tue. Ich werde etwas sagen müssen.

»Ich komme von draußen.« Das stimmt. Oder etwa nicht?

»Woher von draußen?« Das ist knifflig. Ich fühle mich nicht sicher genug, um Ms Joost alles zu erzählen.

»Von draußen bei den alten Leuten, gleich da drüben, hinter der Mauer. Ich bin … wir sind dort draußen herumgelaufen, und ich bin gerade hier eingetroffen.«

Sie wirft mir einen eiskalten Blick zu. Vielleicht vermutet sie Lügen oder will herausfinden, ob ich verrückt bin. Der Blick, den sie mir zuwirft, ist der härteste Blick, den ich je gesehen habe. Es dauert eine Weile, bis sie spricht.

»War an Ihren Füßen ein Licht?«

»Ich verstehe nicht.«

»Ein Licht? Dort, wo Sie gegangen sind. War um Ihre Füße Licht?«

»Ja. Ja. Von unter dem Vorhang. Manchmal, ja.«

»Okay, okay. Manchmal sehen wir Ihre Füße. Manchmal sehen wir Sie. Die Leute denken sich viele Geschichten darüber aus, was Sie sind. Was sind Sie?«

Die Frage behagt mir nicht. Tatsächlich glaube ich, dass ich eher ein Was bin als ein Wer. Soll sie das Sagen haben.

»Ich weiß es nicht.«

»Okay. Das ist möglich. Kommen Sie. Wir besuchen jemanden.« Sie schiebt mich vor sich her durch den Tunnel. »Versuchen wir's mit einer anderen Frage. Wissen Sie, was Sie da oben gemacht haben? Haben Sie etwas gesucht? Jemanden gesucht?«

Ich beschließe, das Risiko einzugehen.

»Ja, in der Tat. Ich habe einen Namen, den Namen von jemandem, den ich suche.«

»Einen Namen? Das ist gut. Es gibt nicht mehr viele Leute mit Namen. Wie lautet der Name?«

»Idaho Winter.«

Sie stößt mich um und drückt mich mit den Knien ins Wasser.

»He! Was tun Sie da –«

Sie drückt mir eine Hand auf den Mund und schaut hektisch um sich. Sie löst ein langes Tuch, das um ihre Taille geknotet ist. Das Wasser füllt meine Ohren und bedeckt meine Wangen. Ich bilde mir ein, eine weitere Stimme zu hören. Die Stimme eines Mannes, ein leises Murmeln. Höre ich es unter Wasser? Könnte das sein? Sie knebelt mich mit dem langen stinkenden Tuch. Ich rieche etwas Fauliges. Es schmeckt wie der schreckliche Mundgeruch eines anderen. In meinem Mund kann ich den Mund eines anderen schmecken. Ich habe Angst, mich übergeben zu müssen. Sie wuchtet mich hoch und presst mich gegen die Wand des eiskalten Tunnels.

»Sie können nicht einfach anfangen, von ihm zu reden. Was wollen Sie? Wer sind Sie? Woher kommen Sie?«

Mit dem ekelhaften Tuch im Mund kann ich die Fragen nicht beantworten, und so lasse ich den Kopf hängen. Sie seufzt und schaut in beide Richtungen des Tunnels.

»Wenn ich Ihnen das Tuch abnehme, müssen Sie meine Fragen beantworten, ohne seinen Namen auszusprechen.«

Das Tuch wird abgenommen. Ich spucke ins Wasser neben mir.

»Was meinen Sie damit, ›seinen Namen auszusprechen‹?«

Sie starrt mich an, als ob ich verrückt wäre. Da ist wieder die Stimme des Mannes. Wo ist er? Was sagt er?

»Das ist kein Scherz. Das ist kein kleines Zauberrätsel.« Sie bindet sich das Tuch um die Taille. »Hier werden Menschen verletzt. Menschen gehen verloren. Wir sprechen *seinen* Namen nicht aus, denn wenn man es tut, kann *er* auftauchen, und wenn *er* auftaucht … nun, dann kann allerhand passieren.«

»Was zum Beispiel?«

»Sie können in zwei Hälften gerissen werden. Oder Ihnen wird der Kopf abgerissen.«

»Wo ist er?«

»*Er! Er!* Neigen Sie die Buchstaben nach rechts. Offenbar kann *er* Wörter, die schräg gestellt sind, nicht sehen.«

»Sie meinen Kursivschrift.«

Sie reißt an dem Knoten um ihre Taille, und die Stimme des Mannes, dieses unaufhörliche leise Murmeln, verstummt.

»Wie auch immer. Ich bringe Sie zu jemandem, der mehr darüber weiß.«

Ich frage sie: »Was war das für eine Stimme?«

Sie lächelt und steht auf. Dann dreht sie sich um, will den Tunnel hinaufgehen, da sehe ich ihn – den Vertrauenslehrer. Wie war sein Name? Ein seltsamer Name. Oncet. Genau. Oncet. Sein Kopf wächst aus Ms Joosts Rücken. Das Tuch, das sie sich umgebunden hat, knebelt ihn. Auf seinen Lippen wächst hellgrüner, moosiger Flaum. Ich spucke aus. Mir wird übel. Oncet.

»Was ist das? Wie ist das passiert?«

Oncets Augen zittern. Anscheinend ist er in Trance. Oder er schläft mit offenen Augen. Joost reißt an ihrem Tuch, und Oncets Augen treten hervor.

»Wie es passiert ist, ist nicht die richtige Frage. Das glaube ich nicht. Wie auch immer, sparen Sie sich fürs Erste Ihre Fragen.«

»Darf ich fragen, was er sagt?«

»Er sagt einfach, was passiert. Nichts Besonderes. Ich unterbinde es, es macht mich verrückt.«

Joost hakt die Daumen unter das Tuch zu beiden Seiten von Oncets Gesicht und lässt es aus seinem Mund fallen.

»Joost, die von Verkehrshelferin in Guerillakämpferin Verwandelte, hat den Mund von Oncet, dem von Vertrauenslehrer in Erzähler Verwandelten, befreit, damit er sich wieder seiner eigentlichen Aufgabe widmen kann. Ein Fremder starrt ihn an, während er spricht, unsicher, was von dem bizarren Schauspiel zu halten ist. Von dem verkeimten, verseuchten Mund des Erzählers ist der Fremde sichtlich angewidert. Weder der Fremde noch Joost bemerken, dass sie versehentlich den Kanaldeckel offen gelassen haben und dass, angezogen vom Licht, ein Geschwader von Mombats durch das Abwasserrohr auf sie zustürzt.«

Joost springt nach vorn, auf allen vieren hastet sie auf ein Verbindungsstück im Abwasserkanal zu. Ich folge ihr, krabbele auf Knien und Händen, die von der eiskalten Wasserrinne taub geworden sind. Als wir das Gitter erreichen, spricht Mr Oncet noch immer.

»Wie Pferde in einem Fluss hetzen sie das Rohr entlang. Die Mombats mit ihren hässlichen Haifischmäulern und pechschwarzen Perücken nähern sich rasch. Als Joost das

Gitter erreicht, wirft sie einen Blick auf den Fremden. Mittlerweile hält sie ihn für wichtig. Sie glaubt, er könnte für ihre Sache von Bedeutung sein.«

Joost zerrt an einem mit Unkraut und Abfällen verschmierten Schwinggitter, das den Weg versperrt. Es gelingt ihr, es so weit zu öffnen, dass sie sich hindurchzwängen kann. Ich folge ihr, und sie zieht das Gitter wieder zu. Jetzt kann ich die Mombats sehen, fünf oder sechs von ihnen, die Mäuler so weit aufgerissen, dass die Unterkiefer übers Wasser hüpfen. Sie sind gruselig. Ich höre Oncets gedämpfte Stimme. Joost schenkt mir ein hartes Lächeln.

»Glauben Sie nicht, es hilft ein bisschen?«

»Ohne ihn sind wir besser dran.«

Als die Mombats gegen die Gitterstäbe des Tores prallen, erschallt ein fürchterliches Klirren. Sie fallen herab und wälzen sich wütend im Wasser. Joost und ich sehen ihnen einen Moment zu. Grässliche Geschöpfe. Höllisch. Ihre Zähne sind vom Aufprall angeschlagen oder abgebrochen. Offensichtlich sind sie bereit, sich auf der Jagd nach Beute selbst zu vernichten. Sie widern Joost an. In jedem dieser verzerrten fliegenden Piranhas kann ich Mrs Winters Gesicht erkennen. Ich wollte, dass sie jemand ist, aus dem man zunächst nicht schlau wird, und Sie es ihr verübeln, dass sie ihrem Sohn nicht hilft. Ich wollte sie aufsparen für größere Dinge. Und hier ist sie nun, ein tollwütiger Schwarm von Schrumpfköpfen, die in Abwässern nach Fleisch schnappen.

So etwas gehört einfach nicht in eine Geschichte, wie ich sie erzählen möchte.

Ich vermute, dass das, was ist, das ist, was jetzt ist

Lange Zeit irren wir durch ein Labyrinth von Tunneln. Ms Joost scheint den orangefarbenen Pfeilen zu folgen, die auf die Rohrabzweigungen gesprüht sind. Die Luft fühlt sich ungesund an, als würde ich tief in meine Lunge giftiges Gas einatmen. Denn ich verausgabe mich so sehr, dass ich nicht flach atmen kann. Während ich immer tiefer in die kadaverösen Organe der Welt hinabkrieche, nehme ich sie in meine Brust auf. Hin und wieder kommen wir an einer nackten, schwach leuchtenden Glühbirne vorbei, und auf Joosts Rücken erscheint flüchtig Oncets Gesicht. Während er vor sich hin murmelt, kauen seine Lippen an dem schmutzstarrenden Tuch. Ich frage mich, was er sagt, was er beschreibt. Was kann man schon beschreiben, wenn man nichts als eine Tunneldecke sieht, nichts als ein magenum-drehendes Torkeln verspürt, nichts als den Leichenhausge-stank dieser verdammten triefendnassen Höhle riecht, durch die wir krabbeln? Oncets Nasenlöcher blähen sich, und dadurch kommt zum Vorschein, dass in ihnen eklige Flechten wuchern.

»So, wir sind da. Setzen Sie sich.« Joost drückt mit ihren nackten Füßen gegen die gewölbte Tunnelwand. Zwischen ihren Zehen leben winzige, spitze Schnecken. Einige von ihnen knacken, als sie fest gegen die Wand stößt. Bevor ich ihr helfen kann, gibt die Wand nach. Vor dem Tunnel ist ein beleuchteter Platz zu sehen.

Hinter Joost kauere ich mich auf einen Betonboden. Der Raum ist irrwitzig, höhlenartig. Die Flächen aus feuchtem Beton sind geschrägt in eine Art Quilt aus wirren Wänden, Steinplatten, die sich schwindelerregend nach innen und nach außen neigen. Die sehr hohe Höhlendecke bildet eine löchrige, rissige Gewölbekuppel, auf der die schwache Zeichnung eines Gesichts zu sehen ist, das auf uns herabblickt. Die Strukturen dieser Höhle, die Gestaltung des riesigen Saals spotten jeder Beschreibung. Unmöglich ist dieser Ort von Menschenhand erbaut worden.

Joost springt auf eine Steinplatte direkt unter der Stelle, wo wir eingetreten sind. Als sie darauf landet, prallt Oncets Kopf heftig gegen ihren Rücken.

Sie krabbelt auf den Boden, und ich folge ihr.

»Hallo! He, wo sind denn alle?« Sie sucht die unregelmäßigen Formen und zurückweichenden Räume nach Lebenszeichen ab. »Wir brauchen ein größeres Bild.«

Joost greift nach hinten und zieht Oncet den Knebel aus dem Mund. Er blickt erschrocken, und ich komme nicht umhin, mich zu fragen, ob er wirklich weiß, was vorgeht.

»Joost und der Fremde stehen wie zwei postapokalyptische Höhlenmenschen auf dem Steinblock und suchen das Innere des riesigen Kanalisationsgewölbes nach Lebenszeichen ab. Unmittelbar außerhalb ihres Blickfelds, unter einem Betonvorsprung, kauern zwei Kinder, ein Junge und ein Mädchen.«

Joost dreht sich schnell in die eine, dann in die andere Richtung und versucht, den Kopf auf ihrem Rücken anzusprechen. Sie sieht aus wie ein Hund, der seinem Schwanz nachjagt. »Wo? Wo? Hier unten waren viel mehr Menschen. Was ist passiert?«

»Ms Joost dreht sich im Kreis«, fährt Oncet fort, »und stört den Fremden, der diese sonderbare Form der Panik mit einiger Belustigung verfolgt. Keiner der beiden kann die Mombat sehen, die hoch über ihren Köpfen in der Luft kreist.«

Joost schaut langsam zu mir her, dann berührt sie mit den Händen den Boden. Mit einer Geste bedeutet sie mir, mich leise herabzubewegen. Ich gehe in die Hocke. Wir blicken beide nach oben. In einem seltsamen, wiederkehrenden Muster flattert eine abscheuliche Mombat umher. Joost stützt sich auf die Ellbogen und wirkt leicht verärgert.

»Das ist nicht das Problem. Die Mombat ist krank oder so. Etwas anderes –«

Oncet, das Gesicht zur Decke gerichtet, spricht lauter: »Nicht die Mombat, die sie sehen, ist der Grund, weshalb sich die Menschen in die sichereren Winkel der Höhle zurückgezogen haben. Die eigentliche Gefahr stößt –«

CRAAAAAGH! Von einem Felsvorsprung stößt ein riesiges Untier herab, mit Flügeln breit wie eine Scheune. Der lange Schnabel schnellt gleich einem schweren Speer nach oben, und das Scheusal stopft sich die Mombat in den Rachen.

»Ein Pterodaktylus schnappt sich die Mombat, und als er, mit seinen weiten Flügeln flatternd, zu seinem Felsvorsprung zurückkehrt, fliegt eine Seilschlinge über seinen Schnabel. Von der Leine wird der Kopf des mächtigen Reptils nach unten gerissen. Das Tier schwankt und wird gegen die Felsen geschleudert. Joost schützt ihren Kopf vor dem gelockerten Geröll. Aua!«

Ein Stein hat Oncet an der Stirn getroffen. Seine Augen verdrehen sich. Er ist ohnmächtig. Ich habe mich ein bisschen daran gewöhnt, dass er mir sagt, was geschieht. Es ist erstaunlich – dass jemand dir sagt, was du siehst, ersetzt rasch das eigene Sehen. Ich blicke auf. Ein Stein trifft mich am Arm. Das schockiert mich. Ein scharfer, stechender Schmerz sitzt mir im Knochen. Womöglich habe ich mir soeben den Arm gebrochen. Ich kann Ihnen gar nicht sagen, wie beängstigend das für mich ist. Der Erzähler war wohl eine Art Polster. Ich glaubte, zwischen mir und diesem Ort sei ein Puffer. Aber nein. An meinem Arm ist ein langer weißer Fleck zu sehen. Ein Knochen drückt gegen die Oberfläche meines Arms. Es tut furchtbar weh.

»Angeleint ist der Pterodactylus auf den Felsvorsprung geklettert, wo er brütet«, stöhnt Oncet. Er ist wieder zu sich gekommen. »Ein Himmelsungetüm, wiederauferstanden aus einer anderen Zeit, als mit Klauen versehene Bestien die Tyrannen der Welt waren. Der Fremde konzentriert sich auf eine schwere Wunde an seinem Unterarm, und Joost hilft ihm auf die Beine.«

»Wie schwer?« frage ich. »Wie schwer?« Die stechenden Schmerzen haben mich in schlechte Laune versetzt. Allmählich habe ich den sprechenden Kopf satt.

»Der Fremde schreit Joosts Missbildung an, als wäre sie der Grund für seine Probleme.«

»Wenn du willst, mache ich dich gleich zum Grund deiner Probleme.« Einem hilflosen Kopf drohe ich mit einer Kopfverletzung.

»Deshalb habe ich das hier.« Joost dreht sich zu mir um. Sie zieht das Tuch fest zu, und die Stimme verstummt. Zumindest wird sie gedämpft. »Er ist nützlich. In kleinen Dosen. Wenn man ihm zu lange zuhört, wird man verrückt. Man beginnt zu glauben, dass die Dinge nicht wirklich passieren.«

Jetzt höre ich Geräusche, Menschen, die sich über uns bewegen. Von oben blickt ein Kopf auf uns herab. Dann noch einer. Menschen kommen heraus.

Wenn ich nicht der Autor bin, wer bist dann du?

Die Leute klettern herab und begrüßen Ms Joost. Die meisten von ihnen erkenne ich. Mr Finchy und Mr Cull, Figuren, die ich mir einst ausgedacht habe, werden mir vorgestellt. Sie berühren leicht meine Hand und schauen mich misstrauisch an. Mein Arm pocht. Zwei Kinder bahnen sich einen Weg nach vorn, und die Leute treten zur Seite. Offenbar sind die beiden mächtig. Ich erkenne das Mädchen, Alex, und auch den Jungen – Eric, glaube ich. Das ist neu. Es sind Figuren, die im Buch erst viel später in Erscheinung treten sollten. Idaho wird ihnen noch nicht begegnet sein. Wie können sie so weit vorgreifen? Ich versuche, mich an das Geschehen zu erinnern. Nicht, dass es von großer Bedeutung wäre. Ich bin weit entfernt von allem, was ich in einem Buch jemals sagen wollte. Mein Arm ist gebrochen.

Ms Joost tritt vor. »Er ist oben umhergeirrt. Hat gesagt, er sucht *ihn*.« Die Leute ringen nach Luft und weichen vor mir zurück. »Es geht ihm gut. Er sagt, er kommt von draußen. Hört sich an, als wäre er einer von denen, die herumlaufen. Einer von den beleuchteten Füßen, von denen Finchy und Cull reden. Hört sich stimmig an. Er ist verletzt.«

Alex und Eric treten vor und nicken Joost, die sich in der Menschenmenge verkriecht, dankend zu. Alex lächelt, als Eric mich einen Pfad entlangführt, fort von den anderen. Alex spricht, ihre Stimme ist freundlich – so intelligent für ihr Alter. Einen Moment lang bewundere ich mich selbst.

Dafür, dass ich diese Geschöpfe, diese einzigartigen Wunder, erschaffen habe.

»Wir werden Ihren Arm untersuchen lassen. Unterwegs werde ich Ihnen ein paar Fragen stellen müssen.«

Ich lächele und begrüße es, dass sie mich beim Gehen stützen. Ich fühle mich schwächer als bei meiner Ankunft an diesem mysteriösen Ort.

»Nicht jeder weiß alles. Einige Leute wissen nicht einmal das, was man erwarten würde. Zum Beispiel ihren Namen. Oder woher sie gekommen sind. Es gibt Grenzen des Verständnisses, und jeder hat seine eigenen. Das respektieren wir.«

Ich bin beeindruckt, wie vernünftig das klingt, auch wenn es eine der seltsamsten Aussagen ist, der ich jemals zustimmen musste.

Alex sieht mich an. »Also frage ich als Erstes: Wie ist Ihr Name?«

Ich werde so ehrlich sein, wie ich kann.

»Mein Name ist Sam.« Na schön. Es ist eine Lüge. Spielt es eine Rolle, wie ich heiße?

Eric lässt uns anhalten und schaut zu Alex. »Weiß nicht recht. Hört sich nicht nach seinem Namen an.«

Alex lässt uns weitergehen. »Vielleicht weiß er seinen Namen nicht mehr. Wie lange sind Sie draußen herumgelaufen?«

»Eigentlich komme ich von jenseits. Von jenseits von draußen.«

»Von außerhalb von außerhalb? Wissen Sie, warum die Leute auf dem Licht an den Rändern herumlaufen?«

Wissen, warum? Ihr endloser Marsch ist die Strafe dafür, dass sie eine fiktive Figur durch eine fiktive Stadt gejagt haben. Sie sind der Bedeutungslosigkeit anheimgefallen, weil für sie nichts richtig ausgedacht wurde.

»Nein. Ich weiß es nicht.«

»Es sind Geister. Es sind Menschen, die nach oben gegangen sind, um für uns zu kämpfen, und niedergeschlagen wurden, um zu sterben. Und mit den Füßen markieren sie unsere Ränder, damit … hmm … wie soll ich es ausdrücken? Alex?«

»Sie halten die Toten draußen und die Lebenden drinnen. Sie laufen umher, um den Abstand zu markieren zwischen einem Ort, wo nichts passiert, und einem, wo alles passiert. Sie sind die Vergangenheit. Unser Gedächtnis. Ohne sie würden wir nicht wissen, dass wir hier sind.«

Sie laufen weiter und denken nach. Ich bin beeindruckt, dass Figuren, die ich mir ausgedacht habe, weit über meinen Verstand hinausgehen.

»Wie auch immer. Sie mögen von dort gekommen sein, aber ich bezweifle es. Ich glaube, Sie sind ein Ungefestigter.«

Das beleidigt mich ein wenig, und ich richte mich auf, um etwas zu entgegnen, aber sie klopfen mir begütigend auf den Rücken.

»Ungefestigte sind gut. Sie können die Regeln ändern. Es gab bislang nur zwei. Aber die waren schlecht.«

Diese ganze Welt scheint so entwickelt zu sein. Ungefestigte und Randlichtwanderer. Nichts, woüber ich je geschrieben habe. Eine Form von Mythologie.

»In Ordnung. Darf ich ein paar Fragen stellen?«

In einer würfelförmigen Höhle halten wir an. Alex hat sich in einen Winkel der Höhle begeben und wühlt in einem schweren Sack, der auf dem Boden liegt. Sie zieht einen Stock heraus und ein langes, zerrissenes Tuch.

»Fragen Sie ruhig.«

»Gut. Wieso gibt es hier einen Dinosauriervogel?«

»Einen Pterodaktylus. Bin mir nicht sicher, wie er nach unten gekommen ist. Hin und wieder sehen wir hier

Mombats, daher wissen wir, dass Dinge herunterkommen können.«

Alex wirkt viel älter, als sie ist. Sie ist ein athletisches Mädchen. Sie bringt ein Lächeln zustande, obwohl sie deutlich das Gewicht der vielen auf ihr lastenden Probleme spürt. Sie befestigt eine Schiene an meinem Arm. Eric hat ihr eine Hand auf die Schulter gelegt. Eine Stütze. Diese Art von Menschen kommt in meinen Büchern nie vor. Ich mag sie sehr.

»Was ist oben?« Jetzt, wo mein Arm verbunden ist, tut er nicht mehr so weh.

»Alles Mögliche. Jede Menge Dinosaurier.«

Dinosaurier? Mit dem Jungen geht die Phantasie durch. Mittlerweile wird eine Welt, der Idaho nicht mehr traut, von Dingen beherrscht, an die er glaubt, von Dingen, die in seinem Kopf auftauchen. Ich frage mich, was in diesem gestörten Geist sonst noch so vor sich geht.

»Jemand hat gesagt, gestern sei da oben Green Day gewesen.«

»Green Day? Du meinst die Punkband?«

»Pop-Punk. Ja, kein schöner Anblick. Sie sind mit diesem verbeulten Cabrio in den Außenbezirken herumgekurvt, und offenbar hat ein T. rex sie dann alle erwischt. Bis auf Billie Joe. Der hat sich aus dem Staub gemacht. Warum sie hier sind, kann man nur vermuten.«

Green Day? Musikvideos. Da oben wird gerade ein Musikvideo zum Leben erweckt. Ich denke, es könnte *The Boulevard of Broken Dreams* sein. Also schaut sich Idaho einen Videokanal an.

Eric zuckt mit den Schultern und zittert, als wir auf die Steinplatte treten, die als Balkon dient.

»Wir wissen nicht, warum, aber da oben gibt's 'ne Menge Musiker. Entweder hat ein großes Konzert stattgefunden, oder sie haben sich auf dem Weg dorthin verlaufen. Jedenfalls haben Leute behauptet, Rancid gesehen zu haben, diesen Typen, wie heißt er noch gleich?«

Alex beobachtet den steinernen Himmel über uns.

»Tim Armstrong. Die Jungs von den Transplants. Good Charlotte.«

Punkbands. Er muss eine Punksendung heraufbeschworen haben, die er mal gesehen hat.

»Wir glauben nicht, dass es ihnen besonders gut geht. Die Dinos ernähren sich von ihnen.«

Die beiden wirken vernünftig, normal. Ich wünschte, ich könnte mich besser daran erinnern, wie ich sie geschrieben habe. Ich habe den heimlichen Verdacht, dass sie nur Namen auf einer Klassenliste oder so waren.

»Es gibt noch anderes. Einiges davon ist zu seltsam, um es zu beschreiben. Zumindest sehen wir das so.«

Eric und Alex wechseln einen Blick.

»Warum seid ihr zwei so anders als die anderen?«

»Wir sind uns nicht sicher. Wir scheinen die einzigen Menschen zu sein, die wirklich verstehen, dass der Welt etwas Schreckliches widerfahren ist. Niemand sonst, vor allem kein Erwachsener, scheint irgendwelche Erinnerungen an die Zeit zu haben, in der die Dinge noch normal waren. Wir schon. Wir wissen, dass das hier, so wie es jetzt um die Dinge steht, unnormal ist.«

Wie seltsam. Diese Welt, dieses Buch, das über mich hinausgewachsen ist, hat sich entwickelt. Es hat Regeln. Ich betrachte das Schlammmuster an meinen Beinen. Ein zufälliges Muster, Formen, die sich spontan ergeben, die nicht eigens beschrieben werden müssen, um zu existieren. Einer der Schmutzflecken hat die Form einer Mondsichel. Ein anderer sieht aus wie eine Hexe auf einem Besen. Ist es überhaupt noch wichtig, was ich in den Dingen sehe?

»Madison.« Plötzlich fällt mir Madison ein. Die arme Madison. Ihre Füße. Alex und Eric ziehen mich zurück in die Höhle.

»Was wissen Sie über Madison? Woher wissen Sie von ihr?«

»Ich weiß es einfach. Ich, also … Ich erinnere mich an sie.«

»Nicht viele Leute wissen von Madison.«

»Ihre Füße. Ach, ihre Füße.« Ich senke den Kopf. Ich habe sie ihrer Füße beraubt, als hätte ich sie selbst abgebissen. Für ihr Leiden bin ich verantwortlich.

»Wer sind Sie?« Eric wird unruhig. Vielleicht rede ich zu viel. Er schubst mich, aber Alex hält ihn zurück. Ich kann ihnen nicht sagen, wer ich bin.

»Ich glaube nicht, dass es eine gute Idee wäre, wenn ich euch sagen würde, wer ich bin.«

Eric gefällt das nicht. Wieder beugt er sich vor. Er ist ein starker Junge. Er bedroht mich. Alex legt ihm eine Hand auf die Brust. Sie starrt mir in die Augen. Sie prüft sie. Sie versucht, in ihnen zu lesen. Ich sehe ein halbes Lächeln. Sie nickt mir zu. Ein Verständnis. Aber was an mir könnte sie verstehen?

»Wir fragen nicht, Eric.«

»Was meinst du mit ›Wir fragen nicht‹?«

»Das hier ist ein Ungefestigter. Ein sehr mächtiger. Wir wollen die Dinge für eine Weile unter Verschluss halten. Komm, lass uns Madison besuchen.«

Eric dreht sich abrupt zu Alex um. Er will mit ihr streiten. Er findet, dass sie unrecht hat.

»Es tut mir leid, Eric«, sagt sie.

Eric entspannt sich ein wenig. Er vertraut Alex. Ein außergewöhnliches Vertrauen, denke ich. Er glaubt an sie. Alex hat sich nicht oft geirrt. Als wir einen Steg zu einem Treppenabsatz hinaufgehen, mustere ich sie, suche Augenkontakt, um herauszufinden, wer oder was sie ist. Ein Rätsel.

Versuche lustig zu sein.
Versuche zu lernen.

Wir erreichen einen langen weißen Raum, an dessen Ende ein kleines Behelfsbett steht, das aus Stoff und Stroh gemacht ist. Eine winzige Gestalt liegt reglos unter einer Decke. Madison.

Ich mache einen schnellen Schritt nach vorn, aber Alex und Eric packen mich am Arm, um mich aufzuhalten. Ich drehe mich zu Alex um und sehe, dass sie weint. Dicke Tränen kullern ihr über die Wangen. Auch Eric schluchzt.

»Was ist? Was ist los?«

»Sie beeinflusst, wie man sich fühlt. In fünfzehn Metern Entfernung fühlt man sich ein wenig traurig. In zehn Metern Entfernung bricht man unvermittelt in Tränen aus. Das ist ungefähr der Punkt, an dem wir jetzt sind. Von hier aus wird jeder Schritt schmerzhafter. Irgendwann, ich würde sagen, in anderthalb Metern Entfernung von der Bettkante, kann man nicht mehr zurück. Man gibt auf. Man hat keinen Grund mehr, zu gehen. Sehen Sie.«

Auf der anderen Seite des Bettes knien zwei Personen. Ich kann sie nicht erkennen, sie lassen die Köpfe hängen.

»Wer ist das?«

»Zwei Jungen. Junge Burschen. Sie sind hier heraufgekommen und, als sie sie sahen, hingerannt. Eric glaubt, dass sie sie einst verhöhnt hatten, aber ich bin mir nicht sicher. Wir werden es nie erfahren. Sie sind zu verzweifelt, um sich jemals von der Stelle zu rühren.«

Inzwischen schluchzen Alex und Eric beide heftig. Ein seltsames Geräusch: Menschen, die grundlos weinen. Ein Gefühl, das von etwas Räumlichem gesteuert wird. Eric ist überwältigt; seine Schreie sind ein emotionales Bellen, der Laut eines so heftigen Unglücksgefühls, wie man ihn vielleicht nur einmal in seinem Leben von sich gibt, wenn überhaupt. Ihm ist eindeutig unbehaglich, und er tritt einen Schritt zurück. Alex schließt sich ihm an. Sie wimmern leise und trösten einander. Alex legt Eric eine Hand auf den Kopf und sieht mich an.

Ich spüre ein Ziehen in der Brust, als würde meine Lunge von Händen festgehalten. Ich merke, dass meine Wangen zittern. Es fühlt sich so seltsam, so brutal an, auf diese Weise betroffen zu sein. Was die kleinen Erschütterungen in meinem Körper verursacht, ist keine echte Traurigkeit, eher eine Art elektrischer Strom. Ich zwinkere Alex zu, um ihr zu versichern, dass es mir gut geht. Ich trete in die dunkle Höhle. Oh. Oh. Oh, nein. Oh-oh. Es tut mir leid. Bitte verzeih mir. Mein Verstand trübt sich. Ich bin so traurig. Mir bricht das Herz. Ich kann meine heisere Stimme schluchzen hören. Ich darf mich davon nicht aufhalten lassen. Als ich jung war, überfuhren Bauernjungen meinen Hund. Vor meinen Augen und denen meiner ganzen Familie. Mein kleiner Langhaardackel blutete aus der Seite, sein Rückgrat war gebrochen. Ich hatte einen Schulfreund, der schwer erkrankte, ins Krankenhaus musste und nie wieder zurückkam. Ich habe ihn nie mehr gesehen. Ich glaube, die Gute Hexe in *Der Zauberer von Oz* ist die bösere der beiden. Als ein Haus die Schwester der Bösen Hexe des Westens zerquetscht, lächelt sie freundlich und zwitschert fröhlich. Ich fühle mich einsam, weil niemand die Gemeinheit glücklicher Feen erkennt. Einmal bin ich gestürzt, von einer niedrigen Brücke gefallen, die über einen seichten Graben führte. Ich hätte mich mühelos aufrappeln können. Ich war nicht verletzt. Aber ich blieb liegen. Blieb lange liegen. Den ganzen Nachmittag. Weil ich mir wünschte, ich wäre tiefer gestürzt. Weil ich einen tiefen Brunnen des Elends in mir habe, den ich nie zeigen kann. Die Gräben sind alle seicht, die Fallhöhe ist zu gering. Meine Großmutter starb in meinem Bett. Sie wurde aus dem Krankenhaus zu uns nach Hause gebracht. Sie hatte keine Haare mehr. Man legte sie in mein Bett, und ich musste bei meinem Bruder schlafen. Meine Hündin starb langsam, es dauerte ein ganzes Jahr. Sie wurde blind, dann fielen ihr die Augen aus. Die Augen habe ich immer noch. Kleine traurige, vertrocknete Augen. Moment mal – das stimmt doch gar nicht. Warum habe ich das gesagt? Ich habe es gesagt, weil ich ein Lügner bin. Ich bin ein entsetzlicher, ein brutaler Lügner, der anscheinend nicht mehr richtig weinen kann. Jedes Mal, wenn meine Brust sich hebt, werden meine Erinnerung, meine Geschichte, meine Hoffnung nach unten gedrückt, immer weiter weg von mir. Ach, bitte lassen Sie mich jetzt. Klappen Sie dieses Buch zu und verbrennen Sie es. Vergessen Sie, dass Sie je von mir gehört haben. Für Sie bin ich tot. Ich liege in meinem eigenen Buch wie ein Tier in einer schrecklichen Falle, blutend und klagend neben einem brennenden Haus unter einem blattlosen Baum. Der Himmel ist schwarz und verwirrend. Ich möchte die Hände an die Kehle heben, aber sie haben mich ihrem Unglück ausgeliefert. Finger meiden die anderen Finger, die Daumen sind krank. Sogar meine Arme weinen in meine Schultern. Ich habe Ihre Zeit vergeudet. Sie müssen mich jetzt verlassen. Ich kann Ihnen nichts bieten. Es gibt hier kein Buch. Nur Vögel, die im Flug sterben, und den tödlichen Spaß von Welpen und Lkw-Reifen. Nein. Sie müssen gehen.

»Mike?«

Der Umriss einer Hand. Jemand. Sind Sie das? Blättern Sie gerade die Seite um? Klappen Sie endlich ein für allemal dieses furchtbare Buch zu? Ich schließe die Augen und warte darauf, dass die Seiten gegen mich gepresst werden, dass das Gewicht der beiden Hälften dieses elenden Buches mich zerdrückt, zerquetscht und mein Gehirn auspresst. Passiert das gerade? Liegt mein Gehirn neben Ihnen auf dem Boden? Ein kleines Spielzeug für die Katze. Ein Käfer, den Sie zertreten können. Ach, bitte, werfen Sie mich in den Müll, ja?

»He. He.«

Wer ist das? Ich kann Alex sehen, ihr Gesicht ist ganz nah. Sie wischt sich die Tränen von den Wangen. Sie sieht besorgt aus. Besorgt um mich.

»Können Sie mich hören?«

Ich kann. Ja, ich höre. Aber ich kann den Mund nicht bewegen. Ich habe einen schweren Schlag versetzt bekommen. Ich bin zu nahe an Madison herangetreten. Wow. Das ist echt heftig. Wow. Ich versuche, es Alex zu sagen. Ich versuche zu sprechen, aber ich kann nicht. Ich scheine meinen Mund nicht von Gemurmel befreien zu können.

»Schon in Ordnung. Sie müssen nicht reden. Eric, lass uns ihn hinausschaffen.«

Ich muss nicht reden. Ich kann nicht reden. Mit Ihnen, lieber Leser, kann ich reden, aber ich habe das Gefühl, dass unsere Beziehung so chaotisch geworden ist, dass wir einander nicht mehr besonders guttun. Außerdem ist es mir mehr als nur ein bisschen peinlich, dass Sie immer noch hier sind. Vermutlich genießen Sie es, mir dabei zuzusehen, wie ich die Kontrolle über mein Buch verliere. Und über meine Figuren. Und jetzt sieht es so aus, als wäre ich auch noch imstande, die Kontrolle über mich selbst zu verlieren. Wir sind an einem Scheideweg angelangt, Sie und ich. Wir sollten getrennte Wege gehen. Sie sollten die eine Richtung einschlagen und ich die andere. Leider scheine ich Sie nicht von mir wegstoßen zu können.

»Wir brauchen ein Seil, um ihn hinabzulassen. Er kann nicht laufen. Er hat Glück gehabt, dass wir ihn herausgeholt haben.«

Alex lehnt mich gegen einen Felsen, von dem aus ich all die Menschen unter uns sehen kann.

»Sie alle hassen *ihn*«, sagt Eric. »Das ist die Summe ihrer Erinnerung, ihrer Geschichte. Sie glauben nicht, dass das hier seltsam ist. Weil sie selbst seltsam sind. Nicht einmal Alex und ich wissen wirklich, wer *er* ist.«

Inzwischen kommt es mir vor, dass sich jeder, den ich in dieses Buch hineingeschrieben und mit einem Namen, einem Zweck und einem Innenleben ausgestattet habe, zu einer Missgeburt entwickelt hat. Da ist Cull, der Hausmeister. Was ist mit seiner Haut passiert? Sie ist eingehüllt von stärkehaltigem Schaum.

»Früher wohnten wir in Ravenna, auf dem Berg, dort sind wir zur Schule gegangen. Eric ist mein Bruder; wir lebten auf einem Bauernhof. Mit meiner Mutter und meinem Vater, und wir hatten Schafe und einige Hühner. Ein paar Kaninchen. Ich hatte einen Hund, Biggy. Eines Morgens fuhren wir mit dem Schulbus nach Cashtown, um an einem Leichtathletikwettkampf teilzunehmen …«

Alex schließt die Augen, lehnt sich an die Schulter ihres Bruders und weint. Eric fährt für sie fort:

»Wir wussten nicht viel über die Leute in Cashtown, aber meine Güte, irgendwas an diesem Morgen hatte sie aufgewühlt. Alle rannten herum und jagten sich gegenseitig. Hunde bellten, Waffen wurden abgefeuert. Es war wie ein Aufruhr. Und alle, ich meine, *alle* waren beteiligt. Wir sind nicht ausgestiegen, Alex und ich. Wir sind einfach sitzen geblieben. Erst später fanden wir heraus, dass die ganze Stadt Amok gelaufen ist, weil sie diesem einen Jungen auf den Pelz rücken wollte. Irgendwann wurde es völlig bizarr. Wir hörten ein lautes Krachen, das aus einem Haus auf halber Höhe des Hügels herüberschallte. Wir schauten hin, und da war er. *Er.*

Mit dem Rücken hatte er das Hausdach durchstoßen. Er muss an die zwanzig Meter groß gewesen sein. Um seine Füße herum gab es Explosionen. Er muss gegen Gas- und Stromleitungen getreten haben, denn an seinen Beinen schoss ein Feuer empor, bis hinauf in die Haare. Er rannte davon. Die Flammen, die von seinem Kopf ausgingen, konnte man noch eine ganze Weile am Horizont sehen. Und was er zurückgelassen hat! Die Dinge gerieten außer Kontrolle. Der Kopf, der sich auf Ms Joosts Rücken bildete. Die Mombats. Das war erst der Anfang.«

Hat jemand mich Mike genannt? Erinnern Sie mich daran, dass ich Sie, wenn ich einen Moment Zeit habe, nach meinem Namen frage. Er steht irgendwo auf dem Buchdeckel. Und es tut mir leid, aber das sah dort nicht nach kursivierten Pronomina aus. Ich weiß nicht mehr, worüber ich mir Sorgen machen muss.

Ein langer Schrei zerreißt die Luft. Die Menschen hier unten ignorieren ihn. Der Pterodaktylus jagt eine weitere Mombat. Ich blicke auf und sehe, wie die Perücke gegen die Decke schlägt, um zu entkommen. Schauen Sie sich diese Menschen an. So abscheulich, so deformiert. Mr Finchy – seine Augen sind völlig von den seltsamen gelben Wachskerzen überwuchert worden, die sich aus seinem Gesicht winden. Er hustet, und ich schwöre, in der Luft um seinen Kopf schwebt eine rote Staubwolke.

»Die Leute rannten überallhin. Ich glaube nicht, dass sie wussten, wovor sie wegrannten. Während sie rannten, veränderten sie sich. Und wir hörten dieses Mädchen weinen, Madison. Von der Strömung wurde sie den Fluss entlanggetragen, und die Leute folgten einfach ihren Schreien. Den Fluss entlang in einen offenen Abflusskanal. Unterirdisch. Bis hierher. Hier leben wir jetzt. Mit ihr.«

Eric schluckt schwer und seufzt. Er scheint sich von unserem Besuch bei Madison zu erholen. Was für eine seltsame Welt ich erschaffen habe. Nun, ich habe sie gar nicht erschaffen, nicht wirklich. Aber ich habe etwas mit ihr zu tun, nicht wahr? Ich wünschte, ich wäre ein klügerer Autor. Ich wünschte, ich würde Moral und Lektionen und solche Dinge besser verstehen. In gewisser Weise sind das jetzt meine Leute, und vielleicht bin ich hierhergeschickt worden, um sie hinauszuführen. Ja. Das muss es sein. Der Autor führt seine Figuren in ein besseres Buch. In ein durchdachteres Buch – an einem im Großen und Ganzen realistischen Schauplatz. Das akzeptiere ich. Eric und Alex sehen mich an. Sie fragen sich, wer ich bin, aber sie ahnen die Gefahr, die in der Frage liegt. Ich muss mir überlegen, was ich zu tun habe. Was ist der goldene Schlüssel, die erhabene Offenbarung, die Sache, die diese Leute nach Hause bringt? Es muss eine symbolische Dimension haben. Es kann nicht nur ein Ort auf einer Landkarte sein. Ich kann sie nicht einfach an einen Ort bringen und sagen: »Hier, ihr seid frei. Hier, schaut auf die Karte, das ist das Ende des Buches.« Nein, es muss eine Bedeutung für sie haben. Bald, denke ich, muss ich erklären, wer ich bin. Ich muss die Kontrolle übernehmen.

»Ich brauche eine Schar williger Krieger«, sage ich.

Alex wirft mir einen Blick zu, einen erschrockenen Blick. Ich zucke mit den Achseln.

»Ich kann euch in die Freiheit führen, aber ich benötige Hilfe. Ich brauche mutige Seelen.«

Eric sieht mich seltsam an. Er beugt sich vor und sagt leise: »Um was genau zu tun?«

Ich stehe auf und wende mich an die Menge unter uns. »Leute, hört mir zu. Mein Name ist Tab Tannington, und ich komme von außerhalb eurer Welt. Ich komme von einem Ort, wo man einem Menschen ins Herz schauen kann und mehr sieht, als der Mensch weiß, dass in ihm ist.«

Junge, Junge, das ist absurd. Ich sehe, dass Alex bei dieser hochtrabenden Rede leicht zusammenzuckt.

»Was hier passiert ist, Freunde, ist ein Problem: Der Verstand eurer Welt kann nicht zum Herzen eurer Welt vordringen. Der Verstand ist verrückt geworden und das Herz unglücklich. Ich kann sie wieder zusammenfügen, ich kann eure Welt heilen, aber ich benötige Hilfe. Wer ist bereit, sich mit mir auf ein Abenteuer einzulassen? Wer will diese Welt retten?«

Wow, jetzt spreche ich richtig, richtig laut. Mit einer großen, kehligen Stimme. Für wen halte ich mich? Plötzlich steht Bobby Pop auf und streckt beide Hände in die Höhe.

»Da ist einer! Da ist eine mutige Seele!«, rufe ich.

Bobby Pops Arme machen ein komisches Geräusch, dann fallen sie ab.

»Danke! Aber wir brauchen noch jemanden. Seht, wir haben alle unsere Probleme, aber für dieses Abenteuer sind Leute mit funktionierenden Armen vonnöten. Wer kommt mit mir?«

Eric ergreift meinen Arm und dreht mich von der Menge weg. »Wovon reden Sie? Was meinen Sie mit Herz und Verstand?«

Ehrlich gesagt, weiß ich nicht, wie ich darauf antworten soll, aber das hält mich offenbar nicht ab. »Ich kann euch nicht alles sagen. Ich weiß nicht, wie sicher es ist. Diese Welt ist unbeständig. So viel weiß ich. Ich kann es nicht einfacher ausdrücken: Wir müssen Madison zu Idaho bringen. Sie gehören zusammen. Ihr müsst mir glauben.«

Das hat doch Hand und Fuß, oder? Es ist vorgesehen, dass sie zusammenkommen, so endet das Buch. Wenn wir sie zusammenbringen, können wir die Sache vielleicht wenigstens zu Ende bringen und von hier verschwinden.

Eric schaut skeptisch. Alex senkt den Blick und sieht mich ernst an.

»Ich glaube, Sie wissen etwas«, sagt sie. »Ich glaube, Sie sind gefährlich, aber ich bin mir nicht sicher, ob uns hier unten eine andere Wahl bleibt. Also gut, wir suchen Ihre Bande fröhlicher Gefährten zusammen und gehen hinauf.«

Ich drehe mich wieder um. Ich will sehen, wer sich freiwillig für meine Armee meldet. Ms Joost ist aufgestanden und reckt die Arme in die Luft. Ich warte einen Moment, um sicherzugehen, dass sie nicht abfallen.

»Ich komme mit! Ich will mit!«

Von Joosts Rücken ertönt Oncets Stimme: »Joost bietet ihre Dienste an, ebenso ihre getreue Missbildung. Der Fremde heißt sie bei seinem Krieg willkommen.«

Ich höre, wie Eric sich hinter mir räuspert. Verärgert drehe ich mich um. Ich hasse es, wenn Leute das tun. Wenn man meine Aufmerksamkeit will, braucht man mich nur darum zu bitten.

»Der nicht.«

»Der nicht?«

»Cull nicht.«

Cull hält seinen Arm in die Luft. Ich meine: Er hält seinen abgetrennten Arm in der Hand und fuchtelt mit ihm in der Luft herum. Finchy sagt etwas, seine Zunge ist belegt mit etwas, das wie sprießende Setzlinge aussieht.

»Oncet, die Geschichte wird sagen: Er hat sich entschlossen, euer Volk zu befreien, auch wenn er dafür sterben muss. Schließt euch an, meine tapferen Soldaten.«

Meine tapferen Soldaten? Wo habe ich denn diese Ausdrucksweise her? Ich beobachte, wie sich Joost einen Weg durch die Menge bahnt. Sie schiebt Mr Finchy zur Seite.

Mr Finchys Arme und Beine sind verschwunden, sein Körper ist nur noch eine unförmige Masse. Aus dem Mundwinkel frage ich Eric: »Was genau plagt diese armen Menschen?«

»Wir glauben, dass sie zu Kartoffeln werden.«

Natürlich.

Okay

Haben Sie etwas getan? Haben Sie das Buch weggelegt oder was? Sind Sie schlafen gegangen? Denn jetzt steht alles in der Vergangenheitsform, es sei denn, ich spreche direkt mit Ihnen. Entweder ist etwas passiert, als Sie weggegangen sind, oder das Buch hat sich selbst repariert. Jedenfalls bewegen wir uns jetzt in der Vergangenheitsform, und ich weiß nicht, ob Vergangenheit bedeutet: vor einem Augenblick, vor einer Stunde oder vor einer Woche. Denn dieses Buch scheint nicht der Meinung zu sein, dass ich, sein ehemaliger Autor, irgendetwas zu sagen habe oder auch nur wissen sollte, was vor sich geht.

Wir versammelten uns auf dem Balkon am Eingang der Höhle, die die junge Madison beherbergte. Wir waren zu fünft – wenn man das arme Mädchen mitzählte, zu sechst. Oncet sah unwohl aus, sehr blass und müde, sein geknebelter Mund wund und rot. Gut möglich, dass eine Art Infektion an ihm zehrte. Trotzdem war es wichtig, dass er dem Team angehörte. Oncet schien über einen etwas größeren Orientierungsrahmen zu verfügen als wir; so konnte er zum Beispiel um Ecken sehen und, ein weiterer Vorzug, auch im Dunkeln, wie ein Nachtsichtgerät. Und er konnte Dinge vorausahnen, Anspannung oder aufkommende Angst spüren. Gewöhnlich bedeutete das, dass etwas Furchterregendes passieren würde. Er, der Kopf, war wie ein plumper literarischer Kunstgriff; wenn wir gewissermaßen zwischen seinen Zeilen lasen, konnten wir vielleicht das eine oder andere lernen. Wie Ms Joost aufgezeigt hatte, und sie musste es wissen, die arme Frau, bestand das Problem darin, dass wir, wenn wir Oncet über einen längeren Zeitraum zuhörten, womöglich zu passiv wurden und womöglich aufhörten, selbst etwas zu unternehmen.

Ich verkündete meinen Plan, und wir machten uns unverzüglich an die Arbeit. Wir brauchten eine Art Seil, und so zogen wir den Leuten Hemden und Socken aus. Das Seil, das wir anfertigten, musste mindestens fünfzehn Meter lang sein, um außer Reichweite der überwältigenden Verzweiflung zu sein, die Madison von ihrem Bett ausstrahlte. Alex und Eric waren eindeutig die Fleißigsten, sie knoteten Ärmel an Ärmel, und aus Joosts schwerem Brillengestell bastelten sie einen Haken. Nach mehreren Anläufen gelang es uns, diesen am Ende des Betts zu befestigen, und wir begannen, Madison aus der Höhle zu ziehen. Kyle und Evan, die Jungen neben ihrem Bett, rührten sich, sobald sie weit genug von ihnen entfernt war, und folgten ihr nach draußen.

Wir zogen sie einen Weg entlang, der zur Oberfläche führte. Gelegentlich spürten wir Madisons Kraft: Mit einem Mal fing Alex an zu schluchzen, oder ich musste schluchzen, weil ich mich an traurige Dinge erinnerte oder sie mir vorstellte. Ich wusste nicht, was ich von Kyle und Evan halten sollte. Es war schwer abzuschätzen, wie versehrt sie waren. Immer wieder kamen sie ihr zu nahe, brachen zusammen und standen wieder auf, um von vorn zu beginnen. Es war sehr beunruhigend – ein monotones Verhalten, das mich an Bären im Zoo erinnerte, die in ihren Käfigen hin und her laufen.

Die Öffnung an der Oberfläche war mit Zweigen zugedeckt worden. Alex und Eric hielten einen Moment inne und wandten sich an mich.

»Wir sollten Sie auf das da draußen vorbereiten«, sagte sie.

Ich warf einen Blick auf das Bett und das kleine Mädchen unter der Decke. Ich spürte, wie mir Tränen über die Wange liefen.

»Ich weiß. Dinosaurier und Punkrocker.«

»Ja. Und Mombats. Aber da ist noch etwas. Es gibt eine dunklere Macht und ein dunkleres Wesen.«

Das war verblüffend. Meinten sie Idaho?

»Niemand ist *ihm* jemals nahe gekommen. Außer denen, die er sich geschnappt hat. Er sieht aus wie ein Prediger, trägt ganz schwere schwarze Kleidung. Um ihn herum ist alles schwarz-weiß, wie in einem alten Film. Und es folgen ihm eine Eule und der Mond. Kurz bevor er erscheint, kann man ihn singen hören.«

»Er schnappt sich Menschen?«

»Ein paar hat er sich geschnappt. Jeden, der auf eigene Faust loszieht. Würde ich mich von der Gruppe entfernen, würden Sie ihn pfeifen hören, und in wenigen Sekunden würde er erscheinen. Mit Eule, Mond und allem. Er würde große, lange Arme ausfahren und mich packen«, sagte Alex.

Ein Schauder durchlief mich. Es hörte sich grausig an. Wer war dieser geheimnisvolle Mann?

»Dann müssen wir zusammenbleiben.«

Alex blickte zurück zu Kyle und Evan, die hinter dem Bett lagen. »Die sind bereits verloren«, sagte sie.

Schweigend schlangen wir uns das behelfsmäßige Seil über die Schultern und begannen zu ziehen. Wir wussten nicht, ob Madison uns zu nahe war oder zu weit weg. Zu weit weg, wäre sie in Gefahr; zu nahe, wären wir in Gefahr.

Nervös!

Der Himmel über uns war riesig, vor allem im Vergleich zu der klaustrophobischen Welt unten. Ich konnte sehen, dass es mein Himmel war, also der, den ich beschrieben hatte, denn er wies keine wirklichen Unterscheidungsmerkmale auf. Blau, mit zwei typischen Wolken. Aber er sah wunderbar aus, glauben Sie mir.

»Auf den Boden!«, rief Eric und zog mich tief ins Unterholz, als ihn auch schon ein fürchterliches Krächzen übertönte. Ein Schatten zog über mir hinweg und verdunkelte den Boden um mich herum. »Wir dürfen uns nicht im Freien aufhalten. Wir sind Beute.«

Ich konnte nicht umhin, zu bemerken, dass diese Welt mit ihren üppigen Pflanzen und bizarren, feindselig aussehenden Blumen tatsächlich prähistorisch war. In der feuchten Luft wogten stachlige, süßlich riechende Stängel.

»Dort drüben gibt es einen Fluss. Den müssen wir entlang. Vielleicht können wir etwas bauen, mit dem wir uns auf ihm treiben lassen können.«

Ich nickte in Richtung Alex, dass ich ihre Idee für gut befand. Es war fast unmöglich, das Bett über den überwucherten Dschungelboden zu zerren. Wir schlangen uns das Seil über die Schultern und krochen hintereinanderher. Ich begann mich zu fragen, ob wir in dieser Welt jemals auf Idaho stoßen würden. Konnte ich mir sicher sein, dass er noch hier war? Eigentlich sollte ich der Anführer sein, aber bisher hatte Alex die meiste Führungsarbeit geleistet. Ich hatte das Gefühl, ich müsste ihr reinen Wein einschenken und gestehen, dass ich nicht wirklich über eine praktische Strategie verfügte, um die Sache voranzutreiben.

Gewiss, ich hatte einen Plan: Herz und Verstand dieses Buches zusammenzubringen, indem ich Madison und Idaho vereinte. Das war der literarische Plan, auf dem Boden der Tatsachen aber brauchte ich etwas Konkreteres.

Wir zogen das Bett eine ganze Weile. Gelegentlich verfing es sich, aber wir konnten es jedes Mal wieder losreißen. Erschöpft, mit blutenden Händen und Knien, erreichten wir das Flussufer. Es war ein breiter, schnell dahinfließender Fluss. Aus der reißenden Strömung ragten die massiven Spitzen der unter Wasser liegenden Felsbrocken hervor. Das Blattwerk war eigenartig. Die Bäume sahen gar nicht aus wie richtige Bäume, sondern eher wie bizarre, überdimensionale Gemüsesorten. Es wuchsen riesige Stangen violetten Spargels und ungeheuer hohe Rosenkohlstauden, und ein heißer Wind schleuderte Fruchtfliegen hin und her, groß wie Handgranaten.

Wir ließen das Seil los und legten uns am Ufer hin. Ich sagte Alex, ich wolle sie unter vier Augen sprechen. Wir krochen zu einigen Steinen in Wassernähe und setzten uns zusammengekauert unter den breiten Wedel eines spinatigen Busches.

»Ich weiß nicht, wo *er* ist, Alex. Ich bin mir nicht sicher, wohin wir uns wenden sollen.«

Alex seufzte und rollte mit dem großen Zeh einen Stein ins Wasser.

»*Er* könnte überall sein. Es könnte sein, dass wir seinen Namen aussprechen müssen.«

»Ist das wahr? Wenn man seinen Namen ausspricht, zeigt er sich?«

»Es scheint davon abzuhängen, wer seinen Namen ausspricht und unter welchen Umständen. Ich weiß nicht, was hier oben passieren würde.«

»Ich denke, wir sollten vielleicht erst mal irgendwohin gelangen. Wir brauchen eine Perspektive. Wir müssen sehen, was um uns herum ist. Ich möchte noch nichts allzu Riskantes unternehmen.«

Alex lächelte aufmunternd. Sie wollte, dass ich recht behielt. Sie wollte, dass ich Erfolg hatte. Ich war ihr dankbar und hatte zum ersten Mal richtig Angst – Angst, dass ich diese Menschen nirgendwohin führen würde, dass wir in dieser grausamen Welt allesamt untergehen würden.

Ein gellender Schrei. Ein grässlicher Schrei. Dann ein krächzendes Kreischen, fast wie von Krähen, nur lauter. Alex und ich sprangen in Deckung.

Das Geräusch kam von der Stelle, an der wir unseren Trupp zurückgelassen hatten. Schnell kroch ich durchs Unterholz. Bald kamen sie in Sicht, die monströsen Bestien; mit Halloween-Haaren und blutigen Zähnen flogen sie in einer Art Raserei dicht über den Boden hinweg. Ich wollte mich aufrichten, doch Alex hinderte mich daran.

»Ich kann nicht zulassen, dass die Mombats unsere Freunde attackieren. Ich bin verantwortlich –«

»Sie attackieren sie nicht. Schauen Sie!«

Ich konnte Erics Rücken sehen und den Arm, den er über Oncet gelegt hatte. Sie lagen flach auf dem Boden; über ihnen schnappten die Mombats nach Fruchtfliegen. Die Mombats ernährten sich von Insekten. Mir kam eine Idee. Ich löste einen länglichen Stein aus der Erde und schleuderte ihn in Richtung Fluss. Als er im Gestrüpp aufschlug, wurden die Mombats hektisch. Sie stiegen bis knapp über das gemüsige Baumkronendach, dann flogen sie davon.

»Was ist passiert?«

Ich lächelte kläglich. Ich hatte so wenig, worauf ich stolz sein konnte. »Wenn die Mombats Teil der Nahrungskette sind, haben sie Fressfeinde.«

Alex warf mir einen ernsten Blick zu. Ich war beeindruckt, wie viel echte Sorge sich auf dem Gesicht dieser jungen Frau ausdrücken konnte.

»Ich frage mich, welchen Platz wir in der Nahrungskette einnehmen«, sagte sie.

Den Rest des Tages verbrachten wir damit, durch alten Bewuchs zu kriechen, Holz zu sammeln und es zusammenzubinden. Ein Floß für uns fünf zu bauen war relativ leicht, aber wie es uns gelingen sollte, Madisons Bett hinter uns herzuziehen, war eine andere Sache. Keiner von uns durfte sich ihr nähern. Nichts, was wir in dieser Situation tun konnten, war auch nur annähernd einfach. Zunächst flochten wir aus Lianen ein weiteres Seil, dann ließen wir unser behelfsmäßiges Floß zu Wasser und befestigten es an einem großen roten Baumstumpf. Am Flussufer hoben wir zwei tiefe, parallele Gruben aus. In die Gruben ließen wir zwei große Baumstämme mit jeweils zwei Löchern fallen, eines vorn, das andere hinten. Unserem Plan zufolge sollten die Füße von Madisons Bett in die Löcher passen. Wir überlegten, dass wir im Wasser stehen und sie nach vorn ziehen mussten, bis ihr Bett von den Löchern in den Baumstämmen gehalten wurde; dann würden wir die Baumstämme aus ihren Verankerungen in die Strömung heben. Das war natürlich sehr gefährlich, und wir würden uns viel näher an Madison heranwagen müssen, als ratsam war. Aber wir schätzten, sollte einer von uns vor lauter Kummer außer Gefecht gesetzt werden, würde ihn die Strömung von Madison wegtragen. Und hoffentlich würde er oder sie sich schnell genug erholen, um zu unserem Floß zu schwimmen und sich in Sicherheit zu bringen.

Mit großem Eifer stürzten wir uns in die Arbeit. Ich war unglaublich stolz auf meinen kleinen, rätselhaften Trupp. Alex und Joost zogen die Liane gerade so weit ins Wasser, dass sie noch stehen konnten, ohne fortgeschwemmt zu werden. Nachdem Eric und ich das Bett bis auf einen Meter an die Baumstämme herangezogen hatten, wurde die Aufgabe unerträglich. Die Traurigkeit schwächte uns. Ich ertappte mich dabei, wie ich mich von traurigen Momenten aus Filmen, die ich gesehen hatte, ablenken ließ. Old Yeller erschossen. Bambis Mutter erschossen. Ich weiß nicht, ob ich geweint hatte, als ich diese Filme zum ersten Mal sah, doch als ich mich nun an sie erinnerte, als ich in den prähistorischen Fluss, der meine Brust umschwappte, salzige Tränen schluchzte, kam mir nichts unmittelbarer vor als das verlorene, mutterlose Rehkitz, das neben dem Prinzen des Waldes einem ungewissen Schicksal entgegengeht.

Ach! Das Wasser spritzte mir in die Ohren, und ich konnte kaum atmen. Meine Schultern fühlten sich schwerer an als der Rest meines Körpers. Es war dramatisch.

Ich meine es ernst.
Du hast keinen Plan.

»Er ist noch am Leben. Er atmet.« Alex blickte auf mich herab. Über ihr der wolkenlose Himmel. Unter mir spürte ich eine Bewegung. »Wir haben es geschafft. Es hat geklappt. Schauen Sie.«

Ich richtete mich auf einem wackligen Ellbogen auf und sah im Wasser hinter uns das Bett auf seinen riesigen Skiern tanzen. Auch Kyle und Evan, die Armen, waren da. Mit ihren Hemden hatten sie sich an den Baumstämmen festgebunden. Was dachten sie? Dachten sie überhaupt?

Ich schloss die Augen. Ich war erschöpft.

»Sie schlafen jetzt erst einmal. Vorerst sind wir sicher. Die Nacht bricht an. Ich übernehme die erste Wache.«

Als ich eindöste und der Schlaf wie eine leichte Brise durch meinen Körper fuhr, hörte ich ein Lied. Ein Mann sang mit tiefer Stimme *Leaning on the Everlasting Arms*.

»Aufwachen. Aufwachen.«

Ich erwachte mit einem Ruck und stieß einen spitzen Schrei aus. Alex legte mir die Hand auf den Mund.

»Still.«

Gesichter im Mondschein. Eric und Joost sahen verängstigt aus. Alex hatte einen Finger auf meine Lippen gelegt. Langsam zog sie die Hand von meinem Mund, dann zeigte sie auf das Floß. Was ich sah, war so schaurig, so seltsam, dass es mich trotz der tropischen Hitze kalt überlief. Über dem Bett hing ein Mann in der Luft. Er trug einen schweren schwarzen Mantel und hatte ein großes schwarzes Buch in der Hand. Er hing da wie ein flatterndes Bild, wie eine Fahne, seine kleinen Augen huschten umher, und sein steifer schwarzer Hut hatte denselben Farbton wie die Dunkelheit. Er hatte ein scharfes kleines Lächeln und ein weißes spitzes Kinn. Er war eindeutig böse. Wo hatte Idaho diesen Schurken gefunden – einen schwebenden Prediger, der den Nachthimmel heimsuchte?

Wir lagen auf dem Floß und beobachteten die Spukgestalt, außerstande, etwas gegen sie zu tun, außerstande, Madison zu helfen, während der Mann wie ein Albtraumdrachen über ihrem Bett schwebte. Mehrere Mombats flatterten in seinem Licht auf und ab. Und dann sang er: eine tiefe Stimme, die dunkel über die hüpfenden Wellen hallte.

Leaning, leaning,
Safe and secure from all alarms;
Leaning, leaning,
Leaning on the everlasting arms.

Alex rang nach Luft. Ich sah, wie Erics Augen glitzerten. Entsetzen. Das Licht, das der Unhold, sein Mond und seine Eule verbreiteten, warf seinen Schein auf uns alle. Und das Lied, das er sang, brachte mein Herz fast zum Stillstand. Ich schloss die Augen.

O how sweet to walk in this pilgrim way,
Leaning on the everlasting arms;
O how bright the path grows from day to day,
Leaning on the everlasting arms.

What have I to dread, what have I to fear,
Leaning on the everlasting arms?

I have blessed peace with my Lord so near,
Leaning on the everlasting arms.

Mein Körper war starr vor Angst. Ich öffnete die Augen und hoffte inständig, er sei weggeflogen. Doch er war noch immer da und hing über Madison wie ein mit Helium gefüllter Leichenbestatter. Er blickte zu uns herüber und verzog den Mundwinkel. Er wusste, dass wir da waren. Dann langte er mit seinem langen Arm nach unten, packte Evan am Hemdrücken und zog ihn zu sich hoch. Er hielt den Jungen, als hätte er eine Ratte am Schwanz angehoben, und setzte ein breites, irres Grinsen auf. Dann schwang er sich wie ein großer Nachtfalter in die Lüfte und flog zu den Sternen.

Wir schauderten und starrten sprachlos in den düsteren Himmel, der Evan umhüllt hatte. Madison, die in der Dunkelheit auf nassen Baumstämmen schaukelte. Der arme Kyle, der sich an ihr Bett klammerte und nichts als betäubende Trauer empfand. Wir konnten nicht sprechen; wir wussten nicht, wie viel wir noch ertragen konnten.

»Was war das für ein Ding?«

Alex atmete aus. »Wir wissen es nicht. Näher kommt es nicht. Jeder, der es aus größerer Nähe gesehen hat, ist mit ihm verschwunden.«

Ms Joost räusperte sich und stützte sich auf die Ellbogen. »Nun, Jungs und Mädels, vielleicht sollten wir mal schauen, was der alte Dingsbums denkt.« Sie schniefte heftig und wischte sich die Nase am Arm ab, dann deutete sie auf den widerwärtigen Kopf, der gegen ihre Wirbelsäule wippte.

Keiner sagte etwas. Die Aussicht, sich diese arme missgebildete Kreatur anhören zu müssen, war zu viel. Alex griff nach Joosts Hand, dann sagte sie so sanft und warm wie möglich: »Lasst uns hören, was er zu sagen hat, wenn die Sonne aufgeht.«

Als sie das sagte, waren wir alle erleichtert. Bald verschränkten sich unsere Hände in der Dunkelheit, und wir verschlossen die Augen gegen die Nacht, unfähig zu schlafen, aber auch nicht gewillt, noch mehr Nacht zu sehen.

Lass mich runter. Mir ist schwindelig.

Schlafen ist etwas Sonderbares. Der Schlaf ist eine rätselhafte Angelegenheit, selbst bei den einfachsten Menschen. Wenn man schläfrig ist, scheint einem schlecht zu werden, man verliert Energie, kann nicht mehr klar denken, legt sich aus Schwäche hin. Dann erliegt man der Schwäche, und was als Nächstes geschieht, gleicht dem Tod. Und dann träumt man. Man bewohnt eine Welt, deren Regeln einem verborgen sind – selbst dem, der sie erschafft. Und so lag ich denn auf dem Floß und schlief. Wovon träumte ich? Ich weiß es nicht mehr. Ich habe keine Zeit, mich zu erinnern. Ich bin hier bei Ihnen, jenseits aller Möglichkeiten, mich auszuruhen oder zu entfliehen, gefangen im Dienst an Ihnen, und die Zeit vergeht mit sinnloser, rastloser Beobachtung. Ich betrachte die Szene und habe keine Möglichkeit mehr, sie normal zu gestalten. Ist das eine Schwäche von mir? Eigentlich ist es meine Aufgabe, Ihnen, den Lesern, dabei zu helfen, Dinge als real zu akzeptieren, die es gar nicht sind. Die meisten Bücher versuchen, Sie dazu zu bringen, Dinge zu akzeptieren, die zumindest real sein könnten – und das ist weiß Gott schwierig genug –, aber hier, in diesem Buch, scheint nichts auch nur zu versuchen, realistisch zu sein. Ausgenommen ich, würde ich sagen. Ich bin hier, ich bin real. Und um ehrlich zu sein, hier war ich vorher noch nie. Ich weiß nicht, wo ich bin, ich weiß nicht, was ich tue. Ich fürchte, in gewisser Weise ist es die realste Geschichte, die ich je geschrieben habe.

Jemand war wach. Alex saß im Schneidersitz vorn auf den Floß. Ein leises Schluchzen kam von ihr. Sie weinte.

»Alex?« Sie wischte sich über die Wange, zog die Knie unters Kinn und lächelte mich an.

»Weinst du?«

Sie nickte.

»Was ist los?«

Sie starrte mich einen Moment lang an. Sie unterdrückte ein Lachen.

»Sind wir zu nah an Madison dran? Geht es darum?«

»Nein. Nein.«

»Worum geht es dann?«

»Dort, wo ich wohne, oben auf dem Berg, habe ich mein eigenes Zimmer. Wenn ich in die Schule muss, weckt mich meine Mutter, indem sie an einer Schnur zieht, die die Treppe hinaufführt, zu einer Kuhglocke im Flur vor meinem Zimmer. Bim, bam, eine große, alte, laut bimmelnde Glocke.« Alex verstummte. »Ich will nach Hause.«

Ich blickte das Floß entlang. Joost schnarchte, von dem geknebelten Kopf hörte man entsetzlich rasselnden Atem. Eric beobachtete uns. Er rollte sich auf die Seite.

»Wir fahren nach Hause, stimmt's?«, sagte er. »Tun wir doch, oder?«

Ich wusste nicht, was ich sagen sollte. Ich sagte irgendwas.

»Eric, diese ganze Welt kann uns nichts bieten. Sie ist ein schrecklicher Irrtum. Sie kann uns nicht für immer daran hindern, nach Hause zu gehen. Ich bin mir ziemlich sicher, all das wird aufhören, sobald wir Madison und Idaho wieder zusammengebracht haben. Womöglich werden wir uns nicht einmal daran erinnern, jemals hier gewesen zu sein.«

Joost wachte auf. Sie streckte beide Füße in die Luft. Sie stieß die schlammigen Absätze gegeneinander. »Nirgends ist es so schön wie zu Hause.«

Alex lachte, rollte sich auf den Rücken und tat das Gleiche. Eric ebenso. Ich sah ihnen zu, und mir kamen die rubinroten Pantoffeln in den Sinn. Dorothy brauchte nur zu sagen, dass sie nach Hause wollte. Sie musste jemanden davon überzeugen, dass dies ihr einziger Wunsch war. Aber dass sie ein bestimmtes Paar rote Schuhe tragen musste, um tatsächlich nach Hause zu kommen, machte mir Angst. Was, wenn sie diese Pantoffeln nie gefunden hätte? Dann wäre sie ein einsames Mädchen geblieben, das sich an ihren Hund klammert und bis in alle Ewigkeit auf einer Blumenwiese weint, während um sie herum eine bunte Welt durchgeknallter Freaks ihr Unwesen treibt. Ich mochte Alex' und Erics Lachen. Ich mochte das Wort »Zuhause«. Es machte das kalte Floß ein wenig wärmer. Wir zogen unsere eigenen rubinroten Pantoffeln hinter uns her: ein Mädchen in einem eiskalten Bett, ein Mädchen, das traurig genug war, um den Geist dieser gefährlichen Welt entzweizubrechen.

Was passiert, wenn sehr große Dinge auf sehr kleine Dinge hinweisen?

Bei Sonnenaufgang löste ich den Knebel. Von den ekligen, mit Blasen bedeckten Lippen in dem Gesicht, das vom Rücken der Verkehrshelferin herabhing, ergoss sich folgende Geschichte:

»Alex und Eric stehen am Kopfende des behelfsmäßigen Floßes und frösteln in der frühmorgendlichen Kühle. Ms Joost und der Fremde sitzen da, alt und müde; ihre Beine schmerzen, während die tiefstehende Sonne sie berührt. Das Pontonbett, in dem die unglückliche Madison liegt, tanzt hinter dem Floß auf und ab und unter ihrem Bett klammert sich der verbliebene Junge, Kyle, ein armer, durchfrorener Kerl, mit steifen blauen Händen an die Baumrinde. Er wird von ihr angezogen wie eine kalte Reißzwecke von einem Magneten, unfähig, dem kläglichen Energiefeld, das ihn anzieht, zu widerstehen oder es auch nur zu begreifen. Mit diesen stummen Passagieren teilen sich Trilobiten und schwere prähistorische Nacktschnecken das Fahrzeug. Sie sitzen auf dem Bettzeug und an den Rändern des Floßes. Es gibt eine geologische Besonderheit des Flusses, aus der die Reisenden noch nicht schlau geworden sind: Er formt einen Kreis, einen großen Kreis, wie eine Schlange, die ihren Schwanz verschlingt, eine Linie, auf der man nur zu dem Ort gelangen kann, an dem man sich bereits befindet. Der Kreis ist so breit, und der Fluss wälzt sich durch solch gleichbleibende Vegetation, dass ein Mensch, der ihn befährt, seine anomale Form womöglich nie entdeckt. Auch die Landschaft jenseits des breiten Flusslaufs ist unkonventionell. Das Terrain besteht größtenteils aus dichtem Blattwerk und hartem, dunklem Gestein, doch hier und da finden sich an seltsamen Stellen die verblüffendsten Ungereimtheiten: eine hohe, mit Flüssigkeit gefüllte Plastikkugel, die einen immerwährenden künstlichen Schneesturm über einem ländlichen Cottage enthält. Auf dem Scheitelpunkt der Kugel sitzt ein Nest aus flexiblem Eisen, in dem die eben geschlüpften Jungen eines Pterodaktylus hausen.«

»Kreis! Kreis! Wir fahren im Kreis!« Ich stopfte dem Erzähler den Knebel zwischen die Zähne. Er verdrehte seine armen Augen, sodass man nur noch das Weiße sah, bevor seine Lider sich schlossen. Ich stand auf, schirmte meine Augen ab und versuchte, in die Ferne zu blicken. Obwohl der Himmel hoch und weit war und das Buschwerk sich endlos zu erstrecken schien, spürte ich, wie sich meine Brust zusammenzog. Ich bekam Klaustrophobie, ich fühlte mich gefangen.

Joost drehte sich um und setzte sich auf. »Wir sind auf einem Donut. Ich stimme dafür, dass wir uns in das Loch des Donuts begeben.«

Eric sicherte die Lianen am hinteren Teil des Floßes. Er wirkte wütend. »Das spielt doch keine Rolle. Wir wissen doch gar nicht, was wir tun. Oder, Tad?«

Ich drehte mich um in der Hoffnung, breitschultrig und gebieterisch auf ihn zu wirken. Natürlich hatte er recht, doch als Anführer durfte ich das nicht zugeben.

»Da hast du verdammt recht, Skippy. Wir wissen nicht, wohin wir fahren, aber inmitten dieses Chaos sind wir die einzigen Leute, die immerhin fahren.«

»Was soll das heißen?«

»Das soll heißen, wenn wir nicht die Tatsache, dass wir uns verirrt haben, als unseren Reiseplan akzeptieren, dann bewegen wir uns gar nicht mehr von der Stelle.«

Eric senkte den Blick und schlang eine Liane unter seinen Ellbogen und durch seine Hand. Ein ernster Gefährte. Er rührte mich. Er war tapfer.

Joost lächelte, aber ich glaube, sie war fieberkrank und träumte. Wirkliche Konsequenzen konnte sie sich nicht vorstellen. Für sie waren wir keine Menschen mehr, nur noch Gesichter mit Zeichen darauf. Glücklich. Unglücklich. Der Kopf auf ihrem Rückgrat ruinierte ihren Verstand. Aber sie redete noch. »Öffnen Sie seinen Mund. Ich möchte hören, was vorgeht. Bitte! Öffnen Sie seinen Mund!«

Ich dachte daran, einen zweiten Knebel zu besorgen. Mir fiel ein, was für eine zuverlässige und klar denkende Frau Ms Joost gewesen war. Eine vertrauenswürdige Person. Mir fiel ein? Ich kannte sie doch gar nicht. Ich hatte sie erfunden. Die Mischung aus Schmerz und Verwirrung in ihren Augen war schwer mitanzusehen. So hatte ich sie nicht erdacht. Es hätte meine Fähigkeiten überstiegen.

Plötzlich zog Alex die Füße aus dem Wasser. Sie deutete auf das Flussufer. »Etwas ist ins Wasser gesprungen. Etwas Großes. Genau da.«

Wir alle drehten uns zu der Stelle um, auf die Alex zeigte. Rasch dahinfließendes Wasser. Blau, tief und kalt. Erics Kopf schwenkte in die andere Richtung.

»Ich hab da drüben was gehört.«

Ich wandte mich um und sah nach Madison. Sie wirkte friedlich. Große braune Käfer schwirrten um sie herum, doch die schienen nur an der Sonne interessiert.

»He, Boss«, sagte Eric. »Wieso haben wir keine Waffen?«

Er hatte recht. Ich hätte dafür sorgen sollen, dass sie einen Stock, einen Stein oder dergleichen zur Hand nehmen. Ich wusste nicht, was ich sagen sollte.

»Da sind sie.« Alex zeigte auf sie. Drei längliche Schädel. Gelblich, mit grauen Flecken. Längliche Schnauzen im

Wasser. Alligatoren? Jedenfalls sehr große. Die Schädel waren fast zwei Meter lang.

»Alligatoren.«

Der erste Schädel reckte sich empor. Höher. Und noch höher. Er saß auf einem langen Hals, der drei Meter aus dem Wasser ragte.

»Keine Alligatoren!«

Wir warfen uns zu Boden. Als einziger Schutz blieb uns das Verstecken. Die beiden anderen Schädel schossen ebenfalls in die Höhe, das Wasser floss in Kaskaden von ihren schuppigen Hälsen herab. Der erste Schädel machte einen Satz wie eine zuschnappende Schlange. Er schnappte einen Ponton des Floßes. Als die Liane riss und über uns hinwegsegelte, stieß Joost unwillkürlich einen Schrei aus. Alle drei Köpfe zischten in unsere Richtung und tauchten wieder unter.

»Wir müssen weg! Wir müssen weg von hier!«

Eric gestikulierte zu einem Felsbrocken, der vor uns lag, und zog die zerrissene Liane ein. »Ich springe auf den Felsen. Wenn ich die Liane befestigt habe, folgen Sie ihr. Wir haben nur ein kleines Zeitfenster. Wir müssen uns beeilen.«

Alex half Joost auf. Die arme Frau war völlig neben der Spur. Ich nickte Eric zu; ich wollte stolz wirken, väterlich. Als er mich anschaute, sah ich die Angst in seinem Gesicht. Ich griff nach seinem Oberarm und befühlte seine Muskeln.

»So, mein Junge, jetzt können wir auf die Liste unserer heutigen Leistungen die Tatsache setzen, dass wir nicht gefressen worden sind.«

Er lachte, dann runzelte er die Stirn und verschwand – im dunklen, gefährlichen Wasser.

Ich drehte mich um und half Alex mit der armen Ms Joost. »Jeder von uns hält sie an einer Seite fest und hat eine Hand frei, um Halt zu finden. Immer derjenige mit freier Hand muss sich für alle drei festhalten, bis –«

Neben uns schoss der Schädel des Untiers in die Höhe, es verdrehte das Maul, um uns zu packen. Ich sah die unregelmäßigen Zacken seiner Zähne und seinen rot gerippten Gaumen, bevor wir mir nichts, dir nichts über seinen Rücken glitten.

Ich hielt die Liane in der Hand, und sofort riss das Gewicht der anderen meine Arme und Schultern hart gegen die Strömung. Mein gebrochener Arm war taub und mittlerweile länger als der andere Arm. Ich wusste nicht, ob Eric es bis zum Felsen geschafft hatte. Ich wusste nicht, ob wir uns näher am Boden oder an der Oberfläche des Flusses befanden. Ich ließ die Liane treiben und drehte mich so, dass sie neben meinem Körper schwebte, hinter meinem Knie. Wir hangelten uns an ihr entlang. An meinem Gesicht zog ein rotes Band vorüber. Blut. Ich blutete. Ich strampelte mit dem freien Bein und versuchte, an die Wasseroberfläche zu gelangen. Zugleich versuchte ich, gegen die Klauen eines Untiers zu treten, das von unten auf uns zukam.

Plötzlich wurde die Liane in die andere Richtung gezogen, und wir schwammen mit der Strömung. Mit einem Mal konnte ich Luft schmecken und den Himmel sehen. Zu meiner Linken hob und senkte sich ein langer, dicker Schwanz. Zu meiner Rechten stand Eric hüfthoch im Wasser, er mühte sich mit der Liane ab und zog uns alle ans Flussufer. Von dort, wo ich stand, wirkten seine Schultern gewaltig. Er hatte uns das Leben gerettet.

Monster

Am Ufer hatten wir keine Zeit, uns zu erholen. Eines der reptilienartigen Scheusale lag am anderen Ufer im seichten Wasser und beobachtete uns. Es reckte den gewaltigen Schädel in die Luft und stieß ein tiefes, nachhallendes Gebell aus.

Ich war einigermaßen unversehrt, abgesehen von einem Seilschnitt am Schienbein. Ich half Alex, Joost aus der Brandung zu heben. Eric ging voran. Wir liefen geduckt durch den finsteren Dschungel und wälzten uns unter dornigen Ästen im Schlamm. Ich schaute über die Schulter und sah, dass das Untier in den Fluss gesprungen war und mit unheimlicher Geschwindigkeit durch die Strömung schoss. Selbst wenn es uns gelang, Deckung zu finden, konnten wir ihm nicht entkommen. Es wusste, wo wir waren. Es hatte uns. Als das Scheusal am nahen Ufer auftauchte und die Wassermassen von seinem busgroßen Körper herabstürzten, entdeckte ich zwischen den Felsen neben uns einen langen Baumstamm. Ich wusste, dass ich die Bestie nicht töten konnte, wollte aber auch nicht kampflos überwältigt werden. Einen Moment später stand ich dem Wesen gegenüber; ich hielt das eine Ende des Baumstamms, das andere schwamm im Wasser. Er war zu schwer, als dass ich ihn im Ganzen hätte heben können. Das Ungeheuer betrachtete mich mit einer gewissen Neugier. Dann öffnete es das Maul und drohte mir mit langen Reihen gefährlicher Zähne. Mit einer Zunge groß wie ein Kanu. Ich stählte mich und zog die Schultern zusammen in der Hoffnung, es werde mich im Ganzen verschlingen. Da fiel ein Schatten auf mich. Es war nicht der Schatten des Biests; er gehörte zu etwas noch Größerem.

Für den Bruchteil einer Sekunde wandte ich den Blick von der Echse und sah den riesigen Schädel eines Dinosauriers, anscheinend eines Tyrannosaurus rex, der sich auf die Echse stürzte. Aus mir machte sich das Monstrum nichts. Die Echse wich zurück und versuchte, den ungeheuren Kiefern zu entkommen, die sich um ihren Hals schlossen. Ich drehte mich um und rannte davon – und sprang zur Seite, um der kolossalen Beinsäule des T. rex auszuweichen.

Der T. rex tötete die Echse, und unser Teil des Flusses verfärbte sich purpurrot vom Blut. Der Dinosaurier warf den Kopf in den Nacken und stieß ein Triumphgeheul aus – voller Lust am Töten. Sein Schädel war so groß wie ein Speisewagen. Voller Grauen sahen wir einen Moment lang zu, wie er Stücke aus der ledernen Haut der Echse riss und sich in den Rachen stopfte.

Ich spürte, wie etwas an meinem Knie zerrte. Zuerst glaubte ich, jemand wolle meine Aufmerksamkeit erregen, aber nein, alle beobachteten den schlemmenden Dinosaurier. Mir drehte sich der Magen um. Etwas saugte an meinem Knie. Als ich das Bein anwinkelte, konnte ich eine violette Masse ausmachen. Ein ungeheurer Blutegel. Ich streckte mein Bein wieder. Kein normaler Blutegel. Ich spürte, wie die Venen in meinem Bein jedes Mal, wenn er sich festsaugte, leicht kollabierten.

»Wir haben ein Problem.«

Alex drehte sich um. »Ich denke, fürs Erste sind wir hier sicher.«

»Nein. Wir müssen uns sofort davonmachen.«

Ich stand auf. Von Erics Seiten baumelten zwei aalgroße Blutegel. Alex riss die Augen weit auf, ihr Gesicht erstarrte.

»Wir müssen von hier verschwinden. Ich denke, wenn wir leise sind, werden uns die Dinosaurier nicht bemerken. Dann schütteln wir die hier ab. In Ordnung?«

Eric nickte weinend. Wir krochen flussabwärts, über raue Wurzeln, bis wir eine Lichtung mit trockenem Unkraut fanden. Der Blutegel an meinem Knie wirkte wie ein Polster. Auf meinem Rücken spürte ich das Gewicht weiterer Egel. Weinend setzten wir uns hin und entfernten uns die Sauger gegenseitig. Joost hatte vier an ihren Beinen. Oncet war ihnen entgangen. Auch Alex hatte keine. Bei Eric, dem Armen, mussten wir vierzehn der glitschigen, mit Tastorganen versehenen Parasiten entfernen. Aus kreisrunden Löchern strömte Blut an seinem Körper herab.

»Alles in Ordnung bei dir?« Alex tupfte den Ärmel ihrer Bluse in einen breiigen Krater auf der Rückseite seines Arms.

»Schwindelig. Mir ist schwindelig«, stöhnte Eric.

In den Büschen hinter uns ein leiser Kehllaut. Ein raues Knurren, das nur von etwas Großem stammen konnte. Alex war dem Wall aus Vegetation am nächsten. Um einen Schrei zu unterdrücken, hielt sie sich zitternd die Hand vor den Mund. Ich rutschte zu Joost hinüber. Sie hatte ein seltsames Lächeln in ihrem schlammverschmierten Gesicht.

»Es macht mir nichts aus, wenn ich gefressen werde, Käpt'n. Aber ich kann nicht zulassen, dass Kinder verletzt werden. Es liegt in meiner Natur, mich dem in den Weg zu stellen.«

»Ich weiß. Sie sind ein guter Mensch, Ms Joost. Ein besserer Mensch, als ich mir vorgestellt hatte.«

Das grollende Knurren hinter uns wurde lauter. Ein großes Tier konnte uns sehen oder riechen. War bereit, sich auf uns zu stürzen. Wir saßen in der Falle, warteten darauf, dass eine barbarische Bestie uns angreifen würde.

Joost flüsterte mit schwacher Stimme: »Warum nur war ich so böse?«

»Was meinen Sie?«

»Zu diesem Jungen? Ich war böse zu ihm. Wenn man die Aufgabe hat, Kinder zu beschützen, beschützt man sie alle. Man stößt nicht eines von sich.«

»Ich weiß.«

»Man rettet alle.«

Ich senkte den Kopf. Ich weiß nicht, was ich dachte. Ich sehe genauso gut wie Sie, dass es mir leidtut. Jetzt ist es zu spät. Ich kann nichts mehr daran ändern. Nicht, dass ich böse zu Idaho war. Ich habe andere dazu benutzt, grausam zu sein. Ms Joost hätte die Dinge, zu denen ich sie zwang, nie von sich aus getan.

Ms Joost brummte. Mit wildem Blick setzte sie wie von der Tarantel gestochen durch den Wall aus lila Blättern und verschwand wie ein Zirkusclown, der durch eine bemalte Kulisse kracht. Fort. Alex und Eric sprangen beide auf, blieben jedoch stehen, als ich die Hand hob. Im Dschungel war es still. Langsam krochen wir an den Rand und spähten in die beängstigende Flora.

Monster

Das ist zu viel. Was ich Ihnen jetzt erzählen werde, mögen wir gesehen haben oder nicht, aber ich möchte keinesfalls, dass Sie auch nur eine Sekunde lang glauben, ich hätte mir diesen Teil ausgedacht. Ich könnte es nicht. Ja, ich würde es auch nicht. Mit kommt der Gedanke, dass dies vielleicht gar kein Buch mehr ist. Es ist eine Art außer Kontrolle geratene Realitätsmaschine. Wie auch immer: Brody, die Leadsängerin der Distillers, lag auf einem Heuballen. Sie schnarchte laut. Ein tiefes, nasenknackendes Schnarchen. Dies war das furchterregende Ungeheuer: die Nasennebenhöhlen von Brody Dalle, die schlafend auf einem Heuballen lag. Und neben ihr, auf dem Dschungelboden: Tré Cool, der Schlagzeuger von Green Day. Er saß mit gespreizten Beinen da, die Hände fest auf den Matsch an seinen Hüften gepresst. Seine Augen quollen hervor, seine Wangen und sein Hals waren stark verzerrt, denn aus dem Mund des Schlagzeugers ragten, und das war es, worauf wir starrten, Ms Joosts arme müde Füße. Er sah aus wie ein verrückter, dicker Frosch, der die letzten Reste einer riesigen Gottesanbeterin nicht hinunterschlucken kann, und so saß er da und wartete darauf, dass seine Verdauung Platz schaffte.

»Du hast da jemanden.«

Eine sonderbar beiläufige Bemerkung. Billie Joe, der Leadsänger von Green Day, schob einige Farnwedel beiseite. Er grinste, steckte sich einen urzeitlichen Grashalm in den Mundwinkel und kaute. Eric trat einen Schritt vor.

»Wow. Du bist ja Billie Joe. Du bist Billie Joe!«

Billie Joe lehnte sich leicht zurück und zog eine Augenbraue hoch.

»Boah, Kleiner. Bin ich der? Billie Joe?«

»Ja. Ja. Von Green Day. Du bist in einer Rockband. In einer Punkband. Wie 'ne Popband, nur halt Punk. Rock.«

»Ach ja? Taugt die was? Bist du ein Fan?«

Es war sehr seltsam, in einem so fremden Land ein so vertrautes Gesicht zu sehen.

»Ja, klar. Klar doch, bin ich.« Eric ließ sich von seiner eigenen Begeisterung mitreißen.

»Großartig. Dann gefällt dir Green Day also?«

Eric hielt inne, als würde er in sich hineinhorchen, was er sagen sollte.

»Äh … nein. Eigentlich nicht. Nein, ich bin kein großer Fan. Die sind okay, denke ich, aber …«

»Geht schon in Ordnung. Ist mir egal. Was gefällt dir denn?«

»Classic Rock.«

»Das mögen Jugendliche. Väter mögen Green Day, Kinder mögen Black Sabbath. Macht mir nichts aus.«

Alex und ich krochen näher an Tré Cool heran. Brodys lautes Schnarchen dröhnte durch unsere Knochen. Die Augen des Schlagzeugers schienen ihm aus dem Kopf zu springen. Ms Joosts Zehen wackelten ein wenig.

»Können wir unsere Freundin da rausholen, Billie?«

Billie wirbelte den Saft des Grashalms von einer Backentasche zur anderen und spie ihn dann aus.

»Eigentlich nicht. Nicht ohne Mr Cool zu ruinieren. Umbringen können Sie ihn nicht, aber ich bin mir ziemlich sicher, dass Sie ihn ruinieren können.«

Alex legte eine Hand auf Trés aufgeblähten Bauch. »Steckt sie in seinem Magen? Isst er sie?«

Billie stand auf, hob einen kleinen Zweig an Joosts Füße und schüttelte die Blätter über ihre Schuhsohlen. Tré schnaubte.

»Er isst sie nicht. Sie wird einfach in ihm verschwinden. Wenn man erst einmal in Tré drin ist, trägt man ihn wie einen Anzug.«

Das war nicht gut. Die arme Ms Joost.

»Sie wird zwar sie selbst sein, aber in einem Tré-Anzug.«

»Was passiert dann mit Tré?«, fragte Alex.

»Keine Ahnung. Das Letzte, was er gegessen hat, war ein Riesenfrosch, und nun sitzt er seit zwei Tagen da und sieht blöd aus. Ich glaube, er ist schon 'ne ganze Weile nicht mehr Tré. Eher ein Frosch. Ein Frosch, den Tré gegessen hat, hat eure Freundin gegessen.«

Plötzlich zuckte Tré Cools Körper, und Ms Joosts Füße glitten in seinen Mund und Rachen. Der Schlagzeuger rülpste laut, dann zog er den Kopf ein und schloss langsam seine großen Kulleraugen. Alex berührte seinen Rücken und tastete bis hinauf zu seinem Nacken.

»Ich glaube, wir müssen Cool den Frosch operieren.«

Billie zuckte die Achseln.

»Ruiniert ihn nicht zu sehr. Ich versuche immer noch herauszufinden, wie ich ihn wieder zurückholen kann. Er wird sich selbst verschlucken müssen.«

»Laufen hier noch andere Tré Cools herum?«

Billie nickte. »Ja, mehrere. Aber der hier hat Liebhaberwert.«

Mit einem Ausdruck amphibischen Unverständnisses schaute Tré Cool von Alex zu mir. Sie trat hinter ihn und holte ein Klappmesser aus ihrer Hemdtasche. Ihre Hand zitterte.

»Können wir sie zum Schweigen bringen?« Alex deutete auf Brody, die weiter neben Billie Joe auf dem Heuballen lag und schnarchte. »Das Geräusch geht mir auf die Nerven.«

»Nein. Das ist ein Dino-Vergrämungsmittel. Brodys Schnarchen klingt genau wie das Knurren eines T. rex. Solange sie schnarcht, bleiben die Monster weg. Wir müssen nur dafür sorgen, dass sie viel von dem Zeug hier isst.« Billie Joe hielt eine weiße Blume in die Höhe, wie sie am Ufersaum wuchs, ledrig mit schweren Blütenblättern. »Die schläfern sie ein.«

Alex nickte und wandte sich Trés Rücken zu. Sie legte eine Hand auf seine Wirbelsäule und zog die winzige Klinge nach unten. Es entstand eine dünne rote Linie. Als der Schnitt ein paar Zentimeter lang war, schob sich ein Mund hindurch. Oncet, der Kopf, sah, was Alex vorhatte. Sein Kopf wackelte hin und her, wie wenn sich jemand durch einen zu engen Rollkragen zwängt. Dann schnellte sein Schädel heraus, und plötzlich schloss sich Trés Rücken fest um Oncets Hals. Oncet schnaubte Flüssigkeit aus der Nase. Es war nur wenig Blut zu sehen. Der Knebel hatte sich in der Wunde verfangen und zerrte Oncets Kiefer nach unten. Alex schob ihr Messer unter den Knebel und durchschlitzte ihn. Der Knebel fiel zu Boden. Tré reckte den Kopf, um nachzuschauen. Seinen Froschblick schien er verloren zu haben. Er war nicht mehr er selbst. Er war Ms Joost.

»Ms Joost! Ms Joost!« In fassungsloser Freude schlug Alex die Hand vor den Mund. Eric lachte und umarmte seine Schwester. Alex weinte. Ich auch. Ms Joost lebte. Wir streckten die Hände nach ihr aus und erkannten ihren harten, aber schönen Ausdruck, auch wenn es nur das glupschäugige Gesicht eines manischen Schlagzeugers war. Sie verströmte ein großartiges Gefühl. Wir empfanden ein tiefes Wiedererkennen. Da war sie wieder, eine wunderbare, selbstlose Verkehrshelferin, die mit ihrer ureigenen Kraft Tré Cools Schultern ausfüllte.

Billie, der über uns stand, zeigte auf Oncet, den Kopf.

»Das Ding versucht zu sprechen.«

In diesem Moment hörte Brody auf zu schnarchen. Im Schlaf hatte sie sich umgedreht und war auf den Boden gefallen. Sie hustete. Der Kopf, der umgedreht von Mr Cools Rücken herabhing, starrte mich an. Die Augen fokussierten. Ein kleiner Schauder, dann …

»Zwei seltene schwarze Velociraptoren rennen auf Beinen, die sie wie Sprungfedern vorantreiben, am Flussufer entlang. Ihre Geschwindigkeit ist erstaunlich. Ihre Köpfe weisen den Weg, ohne dass sie bei all der Bewegung hüpfen oder rucken. Vielmehr scheinen sie zu schweben wie schnittige, spitze schwarze Stiefel. Jeder Kopf hat kleine silberne Augen und scharfe Nasenlöcher. Sie sind auf der Jagd, gelegentlich schnappen sie nach limonenfarbenen Libellen. Einer der Velociraptoren, ein Weibchen, schlägt mit dem Schwanz, ein Bremsmanöver, und kommt inmitten einer hohen Wasserfontäne zum Stehen. Das Weibchen hat sich um hundertachtzig Grad gedreht und kehrt seinem Partner, der ihm enteilt, den Rücken zu. Es gibt einen Laut von sich, ein robbenähnliches Bellen, und ruft seinem Partner zu, dass er anhalten soll. Der befindet sich längst weiter flussabwärts, außer Sichtweite, doch er hört es und kommt auf die gleiche Weise zum Stillstand, mit hoch erhobenem Schwanz. Er läuft zurück, dabei bewegen seine langen Beine seinen schweren Schwanz auf und ab.

Das Weibchen hockt in der Nähe eines umgestürzten Baums. Es hat den Kopf geneigt und sieht aus wie ein Jagdhund, der Beute wittert. Das Männchen verharrt in einiger Entfernung, senkt den Kopf und schlüpft in eine Öffnung am Ufer über ihm. Das Weibchen wendet rasch den Kopf, es hat bemerkt, wohin sein Partner verschwunden ist; dann lässt es sich auf die kurzen Vorderarme fallen und kriecht langsam ins Gestrüpp. Es kann sie riechen. Säugetiere. Weich, aber mager. Menschen. Kein Festmahl, doch wenn man sie auseinanderrupft, gibt's immerhin ein Mittagessen. Es schnalzt mit der Zunge gegen die Zähne. Bald hört es das gleiche Geräusch, die Antwort seines Gefährten; dieser stimmt zu, dass es die Mühe lohnt. Das Weibchen dringt ein Stück weiter ins Dickicht, biegt dabei behutsam die Äste unter seinen Schritten, damit sie nicht knicken oder abbrechen. Es bewegt sich vollkommen lautlos, zieht die kräftigen Hüften empor, um den Angriff vorzubereiten. Die Menschen sind nur noch wenige Meter entfernt. Sie wirken wachsam. Zwar scheinen sie nicht zu ahnen, dass das Weibchen in der Nähe ist, aber sie sind nervös. Plötzlich hört das Weibchen ein lautes Krachen von seinem Gefährten, der sich im dichten Unterholz wälzt. Er greift nicht an, er flieht. Er wird gejagt. Dann hört das Weibchen das unverwechselbare tiefe Knurren eines Tyrannosaurus rex. Es rührt sich nicht und wartet ab, ob das überlegene Raubtier seinen Gefährten attackiert und so die eigene Position preisgibt. Doch als Nächstes hört das Weibchen ein anderes Geräusch. Es ist –«

»Wow! Hey! Wow! Das ist so cool. Was ist das?«

Als Brodys donnerndes Schnarchen wieder einsetzte, strich ihr Billie Joe über das rabenschwarze Haar.

»Das ist unsere Geheimwaffe«, sagte Alex. »Deshalb musste ich die Operation vornehmen. Wir müssen weiter, weg von hier.«

»Warum hast du es dann zum Verstummen gebracht? Komm schon, lass das Ding weiterreden. Es ist das Beste, was wir haben. Das und Brodys Monster-Apnoe.«

Alex und Eric stellten Tré auf die Beine. Dieser schien zwar stehen zu können, hatte aber noch immer einen benommenen Gesichtsausdruck. Ich half Billie Joe, Brody vom Heuballen zu heben.

»Wirf sie dir über den Rücken.«

»Wird sie weiterschlafen?«

»Ja, klar. Wir brauchen sie nur weiter mit Blumen zu füttern. Sie wird einfach durchschlafen.«

Ich zog an ihren Handgelenken und hängte sie mir über den Rücken. Sie war eine erstaunlich schwere junge Frau.

»Also, warum lasst ihr den Kopf nicht reden? Mir scheint, das Ding verfügt über ein paar Erkenntnisse, die man wissen muss.«

Ich taumelte vorwärts. Vor uns versuchte Alex, Tré Cool dazu zu bringen, allein zu gehen. Sie blickte sich zu Billie um.

»Wir können den Kopf nur in kleinen Dosen ertragen. Er hat Auswirkungen auf dein Denken. Wenn du ihn lange reden lässt, hörst du auf, selber zu denken. Du setzt dich einfach hin und fängst an, ihm zuzuhören. Er ist nur für Notfälle da.«

Alex lächelte Billie Joe an. Sie mochte ihn. Das merkte ich, denn nur selten sah ich Sanftheit in den Augen dieser jungen Frau, wenn sie Leute zurechtwies.

»Tut mir leid, dass deine Freundin so zugerichtet ist.« Billie holte Alex ein, als wir uns einen Weg durch das spärlichere Buschwerk jenseits des Flusses bahnten. Tré ging allein. Er lächelte, aber seine Schritte waren unbeholfen. Offensichtlich konnte man ihn nicht ohne fremde Hilfe gehen lassen. »Sie steckt in ihm drin. Außerdem ein Frosch und Tré und ein paar Pflanzen, die er gegessen hat, und, ach ja, eine große Schlange.«

Alex nahm Trés Hand und ermutigte ihn, neben ihr zu gehen.

»Die arme Ms Joost. Sie ist eine so starke Frau. Trotz allem spüre ich sie. Ohne sie würde ich mich unsicher fühlen.«

Eric war unser Späher und hatte uns recht geschickt durch das lichtere Gehölz geführt; jetzt war er stehen geblieben. »Also, ich hab da eine Frage.«

Wir alle blieben stehen. Ich spürte, wie Brody zu Boden glitt. Sie schnarchte unentwegt.

»Wohin gehen wir? Wissen wir, ob die Richtung stimmt? Mir ist nicht wohl dabei, den Anführer zu spielen.«

Ich trat vor und lehnte Ms Brody gegen eine schwarze Wurzel.

»Wir suchen Madison.«

Das war mir eben wieder eingefallen.

»Sie befindet sich irgendwo auf diesem Fluss. Wir müssen zurück, aber die Sonne geht bald unter, und ich denke, wir müssen einen sichereren Ort finden, wo wir die Nacht verbringen können. Ich weiß nicht, ob Mombats Angst vor schnarchenden Rockstars haben.«

Billie Joe musste prusten. Eric warf ihm einen Blick zu.

»He, was passiert, wenn ein T. rex das Geräusch hört?«

Billie Joe zuckte mit den Schultern.

»Ich weiß es nicht. Das ist eine gute Frage.«

Die Frage wurde schneller beantwortet, als mir lieb war. Vor uns schwang der massige Schädel eines T. rex herab. Mit einer riesigen Palme versperrte er uns den Weg. Ich sprang zur Seite und rannte. Während das Tier, ein Weibchen, auf seinen gewaltigen Hinterbeinen auf Brody zustampfte, stürzten wir alle in verschiedene Richtungen davon. Dann blieb ich stehen; beinahe wäre ich zurückgerannt, aber es hätte keinen Zweck gehabt. Ich wäre auf der Stelle umgekommen. Ich sah die anderen; auch sie waren stehen geblieben. Eric und Billie Joe halfen Alex, Tré zu mir herüberzuziehen. Der T. rex stand über Brody gebeugt, sein mächtiger Torso schwankte. Alles erbebte; Blätter fielen herab, und Steine spritzten auf, als das Tier brüllte. Meine Trommelfelle fühlten sich an, als wären sie durchstochen worden. Als der Schädel zurückschwang wie die schwere Schaufel eines gigantischen Baggers, schloss ich die Augen. Ich konnte es nicht mit ansehen. Ich konnte nur hoffen, dass es schnell vonstatten ging. Dass die arme Frau nicht leiden musste. Ich schlug die Augen wieder auf. Das Weibchen stand noch immer über Brody gebeugt, jetzt stupste es sie sanft an, ganz behutsam, als ob … Natürlich! Brodys Schnarchen klang wie das eines schlafenden T. rex-Babys. Für andere Dinosaurier war das noch furchterregender. Keiner von ihnen würde es wagen, sich zwischen ein T. rex-Weibchen und sein Baby zu stellen. Auch die anderen sahen zu.

Alex flüsterte: »Billie, wie lange wird sie schlafen?«

»Sehr lange. Vor unserem Aufbruch habe ich sie mit Blumen vollgestopft. Stundenlang. Vielleicht sogar zwei Tage lang.«

Alex stand auf, langsam, leise.

»Dann müssen wir sie holen.«

Ich sah zu, wie der T. rex sich niederließ, um über sein Baby zu wachen. Er war riesig. In seinem Maul hätte ich aufrecht stehen können. Ich spürte Erics Hand auf meiner Schulter.

»Es wird ihr gut gehen. Wahrscheinlich ist sie sicherer als wir. Wir müssen weiter.«

Mehr

Um Abstand zu dem Dinosaurier zu gewinnen, schlichen wir uns so leise wie möglich davon. Der Pflanzenwuchs im Dschungel wurde spärlicher, je weiter wir uns vom Fluss entfernten. Immer mehr Stellen unbewachsenen Erdbodens tauchten auf, und wir versuchten, eine schnellere Gangart einzuschlagen. Irgendwann einmal hatte ich gedacht, ich würde ein Buch vor dem Verderben bewahren. In Wirklichkeit schwebten wir in höchster Gefahr, diese Menschen und ich. Ich wollte, dass wir alle am Leben blieben. Idaho musste sich *Jurassic Park* angeschaut haben. Ich denke, das ist ziemlich offensichtlich. Was mir mehr Angst macht, ist der Kerl mit dem Mond. Ich habe ihn schon mal gesehen. Ich weiß, wer er ist. *Die Nacht des Jägers* mit Robert Mitchum. Ich wette, das war Earlys Lieblingsfilm. Ich wette, er hat seinen Sohn gezwungen, ihn anzuschauen. Vermutlich hat er das Kind zu Tode geängstigt.

Alex hob die Hand. Wir sollten haltmachen. »Ich glaube, wir sollten daran denken, uns für die Nacht einzurichten. Das Tageslicht schwindet.« Sie hatte recht. Bald würde die Nacht hereinbrechen. Ich hatte den Eindruck, dass es allen herzlich egal war, ob ich zustimmte oder nicht. Ich konnte ihnen keinen Vorwurf machen.

Ich sah mich nach einem Platz zum Sitzen um.

Alex wandte sich mir zu, mit dem Rücken zu den anderen, und sprach leise. »Ich muss alle Gefahren kennen. Gibt es irgendetwas, das Sie mir sagen sollten? Was wird passieren, wenn wir hier schlafen?«

Ich wollte unbedingt helfen und ihr alles sagen, war mir aber ziemlich sicher, dass ich auch nicht mehr wusste als sie. Ich zählte eine ganze Liste auf.

»Dinosaurier. Mombats. Es könnte Alligatoren und Schlangen geben. Riesenspinnen ...«

Die Liste nahm kein Ende.

»Herabfallende Gegenstände. Ein Klavier wäre schlimm. Würde uns im Schlaf zerquetschen. Haie. Die kommen zwar eigentlich nicht an Land, aber ausschließen würde ich es nicht ...«

Ich musste mich verrückt angehört haben, aber ehrlich gesagt, an diesem Ort, in dieser Welt, sollte eine Liste mit Gefahren alles enthalten. Alex drehte mich zu den anderen.

»Na schön. Alle mal herhören. Hört zu.«

Die anderen blickten zu mir. Trés Gesicht war ganz schlabbrig und hing fast zu Boden.

»Nun, ich habe nur gesagt, dass ... Also, ich habe Alex erzählt, welche Gefahren uns meiner Meinung nach in dieser Nacht drohen könnten.«

Ich schaute Alex an, und sie schenkte mir ein ermutigendes Lächeln.

»Also. Wo war ich stehengeblieben? Haie. Ja. Möglicherweise Haie. Steine oder Stöcke, jemand hat uns damit beworfen, das könnte sehr schlimm werden. Übrigens auch Hämmer und Äxte. Speere, schätze ich – wir könnten mit allem, was lang und spitz ist, beworfen werden. Ähem. Heißes Wasser. Kochend heißes Wasser, mit dem wir überschüttet werden. Ach, das ist furchtbar. Und ... Mehr fällt mir nicht ein ...«

Eric sah Alex an, während er sprach: »Was ist mit Dingen wie Affen? Menschenaffen und Gorillas? Die könnten sogar tollwütig und wahnsinnig sein. Und wenn Sie Riesenspinnen einbeziehen, warum nicht auch Riesenameisen? Oder gigantische Tausendfüßler?«

»Autos.«

Billie Joe blickte sichtlich erschrocken auf.

»Was ist, wenn uns ein Auto über den Haufen fährt, im Schlaf überrollt?«

Alex gab ihm recht.

»Autos mit eigenem Willen. Und Fangzähnen.«

»Schatten«, sagte ich. »Die Schatten könnten anfangen, an uns zu zerren, uns ins Gebüsch schleifen und strangulieren. Schatten lassen sich leicht in so etwas hineinziehen. Aber auch Licht. Mondlicht in Form von Messern, Rasierklingen oder Zähnen. Und dann gibt's da noch den ganz normalen alten Verrückten, wisst ihr. Was sollte einen Verrückten davon abhalten, sich dort drüben einen Weg durch die Bäume zu hacken und Gott weiß was zu tun?«

Wir starrten einander in entsetztem Schweigen an. Ein Verrückter. Jemand völlig außer Kontrolle, der in unsere Mitte rannte. Jetzt bekam Alex es mit der Angst zu tun. Das Tageslicht schwand, aber ihre weit aufgerissenen Augen glühten.

»Was zu tun? Reden Sie zu Ende. Was zu tun?«

Einen Moment lang fühlte ich mich sonderbar. Ich wusste nicht, was ich da alles herbeiphantasierte. Ich war mir nicht sicher, ob ich etwas wusste oder etwas erfand. Als meine Stimme wiederkehrte, klang sie tief und fest und furchterregend.

»Der Verrückte ist vom Himmel gefallen. Und er ist … er ist nicht wirklich verrückt, vielmehr ist er böse. Er schwebt in der Luft wie ein Nachtfalter. Und er hat einen schweren schwarzen Hut auf, wie eine Hexe, aber nicht spitz, eher wie ein Zylinder. Er hat diese ungeheuer großen Hände, weiß und fleischig, und er spricht mit ihnen, als wären es nicht

Hände, die aus seinen breiten Mantelärmeln heraushängen, sondern Menschen.«

Billie Joe stand auf und blickte zum Vollmond empor.

»In einer Nacht wie dieser kann alles Mögliche passieren. Da draußen sind Dinge, die wir uns nicht einmal vorstellen können, Dinge, die wir uns nicht ausmalen können. Sie warten auf uns.«

Alex nahm einen Stein in die Hand. »Sie haben recht.«

»Jedes Ding weiß, dass wir hier sind.«

Plötzlich stand Eric auf und kickte Geröll von den Schuhen. »Jedes?«

Als sich die ersten Sterne zeigten, blickten wir alle nach oben. Winzige Nadelköpfe. Ich muss zugeben, dass er erstaunlich aussah, dieser samtene Himmel mit der tiefgelben Kugel des Mondes. Ich fragte mich, wie viele von diesen Dingen Idaho entsprungen waren. War es sein Szenario, in dem wir uns befanden? Oder war es seine Nachlässigkeit? Vielleicht hatte er sich gar keine Sterne vorgestellt. Vielleicht wurden sie automatisch an den Himmel geheftet, durch Suggestion, aus einer trägen Erinnerung ins Dasein gezoomt. Nie dazu bestimmt, schön zu sein, aber da waren sie nun mal. Eine atemberaubende Nacht, bestimmt nicht von mir geschaffen und nie dazu gedacht, betrachtet zu werden.

Erica war neben mich getreten. Sie flüsterte, als wäre sie in der Kirche.

»Wir müssen Madison finden. Wie stellen wir das an?«

»Wir können nachts nicht weiter. Wir müssen bis zum Morgen warten.«

»Was ist, wenn sie … Da draußen ist es gefährlich. Sie ist doch nur ein kleines Mädchen, das auf einem Bett einen Fluss entlangtreibt.«

»Sie ist mehr als das, Erica. Velleicht ist sie das gefährlichste Ding hier draußen.«

Erica blickte mich einen Moment lang forschend an. Sie wollte wissen, ob ich es ernst meinte oder nur um des Effekts willen sagte. Ich starrte den Mond an. Ob Madison in Sicherheit war oder in Gefahr, darauf hatte mein Denken so oder so keinen Einfluss.

Dann sah ich etwas, das mir das Blut in den Adern gefrieren ließ. Alle um mich herum rangen nach Luft. Auch die anderen konnten es sehen.

Ein zunächst winziger schwarzer Punkt, der wie ein Flecken auf der Mondoberfläche ausgesehen hatte, wurde immer größer. Er schien aus dem Mond herauszuschweben. Nicht herauszuschweben, sondern herauszurasen, herauszuschießen. Um ihn herum eine rote Korona. Es war eine Gestalt, eine Person, die vom Mond wegflog. Bald konnten wir den hohen schwarzen Hut ausmachen. Die Fledermausärmel des feuerroten Mantels. Er kam so schnell auf uns zu. Ich konnte sein brüllendes Gesicht und seine ruhigen, schielenden Augen sehen.

Ein Windhauch berührte meine Schulter, und ich blickte mich um. Ericas Haar. Schulter. Bein. Füße. Sie strampelte. Mr Albtraum hatte sie in seinen Fängen. Er flog über das Antlitz des Mondes: ein Schattenauge in Form eines sich wehrenden Mädchens. Das sind Dinge, die ich nie zu sehen beabsichtigt hatte. Das sind Dinge, die ich nie sehen wollte.

In der Dunkelheit sitzen wir im Kreis. Schon seit einer Stunde starrt Alix auf seine Hände. Ich gestehe, dass etwas Gewaltiges mit uns geschehen ist, eine seismische Verschiebung hat Dinge verändert, von denen ich sicher war, dass sie sich gar nicht verändern können. Anstatt zu versuchen, Sie davon zu überzeugen – wofür ich eine Theorie bräuchte –, werde ich die Veränderungen einfach aufzählen. Eric wurde zu Erica, bevor sie von einem albtraumhaften Ghul auf den Mond entführt wurde. Ich hatte nicht bemerkt, dass er eine

Sie geworden war. Und Alex ist jetzt ein Er. Ich weiß nicht, ob ich es bemerkte, nachdem es geschehen war, oder ob es geschah, weil ich es bemerkt hatte. Alles, was geschehen ist, jeder, den ich zu kennen glaubte, ist instabil geworden. Ich habe begonnen, mich selbst auszuschalten. Soweit ich es beurteilen kann, ist Billie Joe nicht mehr hier. Auch die Kreatur Ms Joost/Oncet-Kopf/Tré Cool ist nicht mehr da. Es gibt nur noch mich und Alix. Ich bin unendlich traurig, Erica verloren zu haben. Es fühlt sich an, als hätte ich ihn gleich zweimal verloren. Erst an ein anderes Geschlecht, dann an einen gespenstischen Entführer. Alix ist noch da, aber ich weiß nicht mehr, wer er ist. Ich glaube, seinen Namen habe ich schon einmal falsch geschrieben. Ist es das, was geschehen ist?

»Es tut mir leid.«

Alix flüstert das. Zwischen den Bäumen hüpfen Mombats hin und her.

»Warum tut es dir leid?«

»Das ist Ihnen noch nie passiert, oder?« Alix macht sich Sorgen um mich. Dabei hat er seine Schwester verloren. Soll ich es wirklich so ausdrücken?

»Es tut mir leid für Sie.«

Das Tageslicht beginnt zu schimmern und umhüllt die Welt, die wir sehen können, wie Lichter, die am Boden eines riesigen Planetariums glitzern. Ich stehe auf und wende mich langsam um. Wir sind noch immer in einem Wald. Da sind keine Mombats. Keine Dinosaurier. Niemand. Nur ein ganz gewöhnlicher Wald. Birken und Zedern. Es riecht gut, nach Frühling. Nach Neubeginn. Ich helfe Alix auf die Beine. Das Licht hat sich über den Himmel gebreitet und verleiht allem eine gespenstische Textur. Es lässt sich schwer beschreiben. Es ist sehr schön. Es raubt mir den Atem. Das Präsens ist immer so spektakulär. Ich bin dankbar für das Jetzt. Ich beobachte ein Blatt, das von einer Birke fällt. Es trudelt herab, Limette und Zitrone, wirbelt durch das Licht, bis es liegen bleibt. Limette. Ich wende mich an Alix.

»Was sollen wir tun? Was machen wir jetzt?«

Alix antwortet nicht. Er steht auf und lächelt mich an. Es ist ein breites und seltsames Lächeln. Dieser Person wohnt eine schreckliche Weisheit inne. Eine Weisheit, die ich nicht besitze. Er weiß, dass wir nicht wirklich hier sind. Ich weiß es auch, habe aber das Gefühl, wenn irgendwas wichtig ist, wenn überhaupt irgendetwas wichtig ist, dann muss es hier sein. Die Menschen, die wir verloren haben. Der graue Berg, der hinter uns aufragt. Ein Berg der Traurigkeit. Alix geht auf ihn zu, schaut von einer Seite zur anderen. Plötzlich bleibt er stehen.

»Was ist?«

Alix kniet sich hin und berührt den Boden. Er nimmt eine Handvoll Sand und wiegt ihn, bevor er ihn durch die Finger rieseln lässt. »Ich weiß es nicht. Etwas Eigenartiges.«

Etwas Eigenartiges? Etwas Eigenartiges? Na schön. Ich weiß nicht einmal, wo ich anfangen soll. Wenn er glaubt, dass etwas eigenartig ist, will ich es einfach nicht wissen. Alix erhebt sich und hält auf einen weißen Pfad am Fuße des Berges zu. Er gibt mir ein Zeichen, ihm zu folgen, und fängt an zu rennen.

»Warte! Warte! Was ist los?«

Lieber Leser,
das Buch, das Sie gerade lesen, verfügt nicht über die notwendigen Mittel, um seine eigenen Probleme zu lösen. Bitte schlagen Sie Seite 130 auf.

Mit herzlichen Grüßen
Der Herausgeber

Seite 123

Ich hole ihn ein, und er bleibt stehen. Seine Gesichtszüge verraten große Sorge.

»Etwas anderes. Etwas Neues«, sagt Alix.

»Ich dachte, das wäre schon mal passiert.«

»Okay. Hören Sie mich an. Hören Sie gut zu. Ich werde versuchen, es zu erklären. Hier verändern sich die Dinge. Was sich verändert: Du bewegst und verwandelst dich. Das Du deines Du. Wer du bist, wechselt den Ort. Manchmal nur für einen Augenblick, manchmal auch länger. Aber das hier ist anders. Ich glaube, das bin ich jetzt. Und vielleicht bin ich es schon die ganze Zeit geworden.«

Ich weiß nicht, was er meint. Wissen Sie, was er meint?

»Was meinst du?«

»Ich bin zu Hause. Das ist mein Körper. Das bin ich. Ich bin Alix. Ich spüre, wie alle Mauern meines inneren Ichs um mich herum aufragen, um mich hier zu halten. Folgen Sie mir. Etwas wird geschehen.«

Auf allen vieren rast Alix den Pfad hinauf. Er huscht wie ein Kriechtier. Der Boden vor mir scheint sich über meinen Kopf zu wölben und hinter mir wieder einzurollen. Mein Magen schiebt sich in meinen Hals. Ich sehe Alix' Füße kreisen wie die Kreuzklinge eines Mixers und ringsum Staub aufwirbeln. Als wir den Gipfel erreichen, öffnet sich der blaue Himmel. Er wirkt gefährlich nahe. Vor lauter Angst, dass mein Gesicht an dem blauen Licht zerschellt, senke ich den Kopf. Hier sind alle Eigenschaften, die man mit Himmel assoziiert, ausgelöscht. Der Himmel ist weder weit noch offen noch still. Der Himmel ist eng, drückt gegen meine Wangen und klingt wie aufgeblähte Lautsprecher.

Alix schaut auf mich herab. »Das ist das Ende.«

»Das Ende wovon?«

»Können Sie es nicht spüren?«

»Nein. Kann ich nicht. Sag's mir.«

Alix' Gesicht kommt näher. Er setzt sich auf. Ich schwöre: Als er sich bewegt, biegt sich der Himmel, um ihm Platz zu machen. Er spricht nur wenige Zentimeter von mir entfernt. Ich versuche, Ihnen zu sagen, wie das alles passiert. Wie groß die Dinge sind. Wie schnell sich die Dinge bewegen. Aber ich muss gestehen, dass es mir völlig misslingt. Nichts hier ist auch nur im Entferntesten so, wie ich es beschreibe.

»Wir sind Nahrung.«

Ich weiß nicht, ob ich richtig verstanden habe.

»Wir sind was?«

»Nahrung. Schauen Sie.«

Alix hält die Arme hoch. Seine Hände sind weiß geworden. Die Finger sind zu einer Spitze zusammengewachsen. Er hält sie in die Höhe und sieht zu, wie sie sich drehen und winden.

»Ich bin weiße Schokolade.«

Seine Augen sind jetzt rot. Ein grässliches Kirschrot. Während er spricht, sprudeln die Worte in seinem Mund, und in dicken, klebrigen Strängen rinnt schwarze Flüssigkeit von seinen Lippen.

»Wir sind Nahrung. Schauen Sie.«

Er hebt seine spitz zulaufende weiße Hand und zeigt sie mir. Ich hatte gar nicht bemerkt, wie hoch wir gelangt sind. Die ganze Welt, alles, woraus wir herausgeklettert sind, liegt Hunderte oder Tausende von Metern unter uns, und meine Augen sind wie kleine Passagierfenster in einem Jet, der über den Wolken dahinjagt. Der Fluss hat die Farben des Regenbogens. Er ist ein breites, gewundenes Band. Die Bäume, die Wälder sind triefende Büschel aus ekelerregendem Rosa und glänzendem Violett. Am Boden ist ein langes, dünnes schwarzes Rohr befestigt, das in den Himmel führt. Ich folge ihm mit den Augen, es fliegt an uns vorüber. In ihm sind hellorangene Formen gefangen. Bonbons. Ein hoher Hut und Handschuhe. Ich blinzele, um zu sehen, wohin es sich bewegt, aber das Licht blendet mich. Alix' spitz zulaufende Hand gestikuliert erneut. Eine Art schweres silbernes Schiff schlittert über den Boden. Die abgerundete Vorderseite verschwindet unter der gelben Erde, hält inne, dann nimmt es wieder Fahrt auf. Ich kann etwas erkennen, das sich darauf bewegt. Ein Mensch. Ms Joost liegt mit dem Gesicht nach unten, und Oncet wehklagt auf ihrem Rücken. Das Schiff erhebt sich mit erstaunlicher Geschwindigkeit und zieht an uns vorbei. Es steuert auf das schwarze Seil zu. Vorbei an Hut und Handschuhen. Dann bewegt es sich vor das Licht, und einen Moment lang kann ich wieder sehen. Eine schroffe rosafarbene Felswand. Keine Felswand. Ein Gesicht. Idaho. Das Schiff ist ein Löffel. Idaho Winters entsetzlicher Mund öffnet sich wie eine riesige rote Schlucht in den Wolken und schließt sich sodann um den Löffel. Ms Joost ist verschlungen worden. Ich friere. Ich kann nicht atmen. Es geht Tausende von Metern in die Tiefe. Ich weiß nicht mehr, ob ich auf etwas Festem stehe oder schwebe.

Ein Schatten verdunkelt uns. Ich blicke auf und sehe eine Fläche von der Größe eines städtischen Häuserblocks über den Himmel schweben. Eine Hand. Die mächtige Hand Idaho Winters.

»Das haben Sie geschrieben!«, sagt Alix, oder besser gesagt ein Alix, der aussieht wie ein bizarrer Pinocchio aus Eiscreme.

»Nein! Habe ich nicht!« Ich war es nicht! Ich habe das nicht geschrieben! Ich kann's ja nicht mal jetzt beschreiben.

»Wenn er mich aufisst, bleibe ich dann trotzdem am Leben?«

»Was?«

»Werden wir in Idaho am Leben bleiben? Geht die Geschichte in seinem Bauch weiter oder endet sie in ihm?«

Ich weiß es nicht. Ich weiß es nicht, ich weiß es nicht. Die Frage ist verrückt. Der Erdboden tief unter uns ächzt mit einem schrecklichen, saugenden Geräusch. Idaho hat seine Finger tief in den Boden getrieben. Ich kann Dinge rennen, flüchten sehen. Der T. rex liegt in Idahos Handteller.

»Schauen Sie!«

Alix deutet erneut – auf Erica. Diese baumelt an einer Lakritzpeitsche. Sie ist auf ein Rad gespannt. Hände und Füße sind mit der Felge verschmolzen. Ihr Gesicht ist silbern, die Gesichtszüge sind undeutlich. Nicht ausgeformt. Sie ist ein Amulett.

Alix wendet sich mir zu.

»Wir sind alle hier. Wir gehen alle an denselben Ort. Alles wird gut.«

Das glaube ich ganz und gar nicht. Alix zieht die Knie an. Seine Beine sind zusammengewachsen, und er muss sich verrenken, um aufstehen zu können. Er blickt einmal nach unten und zwinkert.

»Es wird schon das Richtige geschehen.«

Alix wendet sein gestreiftes Gesicht nach oben. In diesem Augenblick wird sein Kopf von Idaho Winters gewaltigen Fingern in die Zange genommen. Er hebt sich vom Erdboden und verschwindet in den dünnen Farben um Idahos unmöglichen Kopf. Und ist weg.

Ich bin allein. Aus der Welt unter mir ist alles Leben herausgeklaubt worden. Die Luft besteht aus einer verschwommenen Ansammlung von Bonbonsternen. Sie lässt sich nicht atmen. Ich spüre, wie ein furchtbares Gewicht an meinem Herzen zerrt. Man zahlt einen hohen Preis für ein schlecht geschriebenes Buch. Geben Sie acht bei dem, was Sie sich ausdenken. Seien Sie vorsichtig. Wenn Sie glauben, etwas zu wissen, denken Sie noch einmal nach. Eine unerträglich süße Zugluft erfasst mich. Idaho ist hier. Idaho wird mich aufessen.

Ich blicke auf. Neben mir ist sein Auge. Es rollt wie eine blaue Seekuh, die sich in seichtem kaltem Wasser wälzt. In der Ecke des unteren Augenlids befindet sich ein rosafarbener Zapfen, ein Kanal. Und genau hier bildet sich eine Träne. Ich sehe, wie sie Form annimmt und sich ausdehnt, dicke, warme Haut, die einen Tränentropfen hält, bis er sich löst, rasch über die Wange hinabläuft und sich ein-, zweimal dreht, bevor er verschwindet. Idaho weint. Ich kann es fühlen. Ich kann es fühlen. Das Auge richtet sich auf mich, und ich sehe darin einen großen, erleuchteten Raum voller Traurigkeit. Dieses Auge ist der Ort, der alles in der Welt verändert, und jetzt, nach all der Grausamkeit, nach all dem Irrsinn, ist es plötzlich bei einer großen Traurigkeit angelangt. Das Auge rollt und blickt nach unten; dabei stößt es einen Schwall von Tränen aus, die in Richtung Erde fallen. Ich blicke ihnen nach, wie sie in der Ferne immer kleiner werden und schließlich landen, nicht auf dem Erdboden, sondern auf einem kleinen Mädchen. Einem kleinen Mädchen, das regungslos auf einem Bett in Idahos riesigem Handteller liegt. Idaho, ich glaube, du bist Miss Madison schon mal begegnet. Er hebt die Hand zu seinem Gesicht und blinzelt einmal, dann wirft er sich das Mädchen mitsamt dem Bett in den Rachen.

Ich hätte gewollt, dass er etwas anderes tut. Dass er sie rettet. Dass er sie befreit. Dass er uns alle befreit. Jetzt, wo er empfinden kann, jetzt, wo er all das Unglück, das er verursacht hat, so tief empfindet. Wollten wir nicht genau das? Hätte mein Buch nicht so enden sollen?

Idahos Kopf lässt von mir ab und bewegt sich ins All. In seinen Haaren kann ich die Schwärze des Weltraums und die winzigen Punkte fernen Lichts erkennen. Er blickt auf. Ich frage mich, was er gerade denkt. Ist er ein Wesen, das denken kann? Als er aufsteht, hebt sich sein Körper weiter in die Höhe, seine Knie schwingen über mir, und ich kann nur bis zu seinen Händen sehen. Ich höre ein Geräusch. Ein Geräusch in der Ferne. Ein Poltern. Dinge werden hin und her geworfen. Sie taumeln und fallen. Ein leise glucksendes dumpfes Stöhnen, das in ein schrill wimmerndes Kreischen übergeht. Idaho ballt die mächtigen Fäuste. Plötzlich fliegt sein Gesicht von den Planeten herab direkt auf mich zu. Dann steht es vor mir wie ein großer grüner Mond. Idahos weit aufgerissene gelbe Augen rollen. Seine Lippen sind eingezogen. Idaho Winter ist kurz davor, sich zu erbrechen.

Die Rückkehr der Welt steht bevor.

Idaho Sommer

In Idaho Falls bricht der Sommer früh an, und hier, westlich des Snake River, hat sich der Staub bereits von den Feldern erhoben. Jedes Jahr um diese Zeit locken die Skyline Grizzlies und die Idaho Falls Tigers ein großes High-School-Publikum ins Ravsten Stadium, wo sie das Footballspiel austragen, das vor Ort als Emotion Bowl bekannt ist. Der Sieger dieses besonderen Sportereignisses darf die Torpfosten der gegnerischen Mannschaft in den Farben seiner Schule bemalen. Wenn Skyline gewinnt, muss Idaho Falls das ganze nächste Jahr mit orangefarbenen Pfosten verbringen; wenn sie verlieren, nun, dann kaufen die braven Kinder von Skyline bei Joost's Haushaltswaren gut fünf Liter hellblauer Farbe. Wie es sich für das große Ereignis gehört, hat das trockene Gelände rund um die Areva-Urananreicherungsanlage eine dicke orangefarbene Wolke über den Fluss geworfen, und der liebe Gott, als habe er sich auf eine Seite geschlagen, hat sie den ganzen Morgen von seinem besten Sommerhimmel heruntergeschoben.

Letztes Jahr hatten die Tigers es leicht. Mit Kyle verfügten diese »Sons of Guns« über einen ausgezeichneten Spieler. Dabei ging er zu dieser Zeit eigentlich gar nicht in Idaho Falls zur Schule. Nein, er machte ein Praktikum im Museum of Mountain Bike Art and Technology, bis er ein Football-Stipendium für die Madison U in Wisconsin erhielt. Dieses Jahr werden es die Skyline Grizzlies sein, die den Sieg davontragen. Das wird der beste Idaho-Sommer aller Zeiten.

Erik wacht auf. Er dehnt sich, streckt die Zehen und reckt die Arme, bis sie ein wenig schmerzen, dann sackt er in sich zusammen und öffnet schließlich die Augen.

»Erik! Höchste Zeit!«

Fünfmal hat er die Rufe seiner Mutter überhört. Er setzt sich auf und reibt sich das Gesicht.

»Erik! Nun mach schon, Mister! Das ist nicht fair!«

Erik stößt ein Geräusch aus und beugt sich über die Kleidungsstücke, die säuberlich gefaltet auf dem Stuhl liegen, akkurat gestapelt wie ein Stoß Druckerpapier. Neue Kleidungsstücke. Für den ersten Schultag. Kord und Plaid und dunkelbraune Socken. Er zieht Stecknadeln und Pappe aus dem Hemd und beschließt, diese Sachen nie, nie wieder zu tragen. Der erste Schultag.

»Autsch! Aua!« Eine Stecknadel, die noch in der Hose steckt, sticht Erik in die Wade. Er fährt mit der Hand über den Stoff und sucht nach dem Stecknadelkopf. Dann hält er inne und starrt auf die Wand. So steht er da, wie in Trance, wie verzaubert, und denkt nach. Er wendet den Kopf zur Tür und schaut sie mit weit aufgerissenen Augen an. Er greift nach unten und zieht die Nadel aus dem Hosenbein, danach lässt er langsam die Jalousien herauf. Sonnenlicht erfüllt sein Zimmer, und er lehnt sich zurück, ängstlich, als könnte etwas Bedrohliches eintreten.

»Erik! Ziehst du dich jetzt endlich an? Erik!«

Erik dreht sich um und nimmt sein Zimmer in Augenschein, als wäre es ein fremder Ort, dann ruht sein Blick auf seinem Bett. Die Decke ist zur Seite geschlagen, das Kopfkissen in die Ecke gedrückt. Er hält eine Hand über die Matratze, dann lässt er sie vorsichtig herabsinken. Wärme.

Als Erik sich an den Tisch setzt, hat Alix ihren Armen Ritter schon fast aufgegessen.

»Vielen Dank, dass du endlich gekommen bist. Hoffentlich geht das nicht das ganze Jahr über so. Okay?«

Erik mustert Alix' Gesicht. Sie hebt nicht den Blick. Langsam kaut sie das letzte Stück Toastbrot, dann führt sie vorsichtig ein Glas Orangensaft an die Lippen.

»Erik!«

Alix blickt auf und sieht, dass ihr Bruder sie beobachtet. Beide bleiben einen Moment reglos sitzen und halten dem Blick des anderen stand.

»Ich rede gegen die Wand. Das geht so nicht. Es ist nicht fair.«

Eriks und Alix' Mutter schließt lautstark einen Schrank, lässt die Schlüssel in ihre Handtasche fallen und geht. Alix bricht den Blickkontakt mit ihrem Bruder ab, und er atmet wieder aus.

»Mom! Mom!«

Ihre Mutter kehrt zurück, aber nur bis zur Türöffnung.

»Ach, schau dir einer an. Wie seltsam. Du rufst mich, und ich komme. Ist das nicht merkwürdig?«

Sie ist den Tränen nahe. Erik wendet sich seiner Mutter zu.

»Tut mir leid, Mom. Bin nur mit 'nem komischen Gefühl aufgewacht. Tut mir leid.«

Erik dreht sich kurz um, um zu sehen, wie Alix auf seine Entschuldigung reagiert. Sie hebt die Augenbrauen. *Mit 'nem komischen Gefühl.*

»Okay. Okay. Schon kapiert.« Ihre Mutter ist erleichtert, die Stimme ihres Sohnes zu hören. Mit dem Handrücken wischt sie sich über die Augen. »Es ist der erste Schultag. Das werden anstrengende Vormittage. Lasst uns einfach nur versuchen …«

Alix und Erik sagen wie aus einem Mund: »In Ordnung, Mom.«

Ihre Mutter nickt tief und akzeptiert, dass sie nicht mehr sagen wird.

»Okay. Ich muss los.«

»Tut mir leid, Mom. Hab dich lieb.«

Sie hebt eine Hand, um zu winken, dann küsst sie die Handfläche und legt sie Erik auf den Kopf.

Alix und Erik gehen den Fußweg entlang, ohne zu sprechen. Sie starren vor sich auf den Boden und marschieren im Gleichschritt. Alix hustet und schnieft und zupft an ihren Ärmeln. Sie versucht, ein Gespräch anzufangen.

»Der erste Schultag.«

Erik blickt nicht auf. Er denkt eine Weile darüber nach, was seine Schwester gesagt hat.

»Der erste Schultag.«

Sie schauen auf und tauschen ein halbes Lächeln. Dabei kommen sie aus dem Schritt und scheinen froh zu sein, sich ein wenig entspannen zu können. Alix seufzt, und als hätte sie Erik die Erlaubnis gegeben, seufzt auch er. Bald gehen sie wieder im Gleichschritt, und Alix beginnt erneut, an ihren Ärmeln zu zupfen und zu husten.

»Ein kalter erster Schultag«, sagt Erik.

Alix schaut ihn an, überlegt, ob sie antworten soll, besinnt sich aber anders. Etwas Unausgesprochenes trennt die beiden, und jemand muss das Schweigen brechen. Alix beschleunigt ihre Schritte und bereitet sich darauf vor, genau das zu tun, als ihr Bruder plötzlich stehen bleibt. Gerade will sich Alix zu ihm umdrehen und ihn fragen, weshalb er angehalten hat, als sie Ms Joost und ihr Stoppschild sieht. Alix hält ein, zwei Meter vor ihrem Bruder inne. So stehen sie, jeder für sich, und beobachten, wie die Verkehrshelferin ihr Schild schwenkt. Erik geht weiter, bis er neben Alix ist. Auch er hält inne, dann stürzt er vor. Alix ist überrascht und zudem ein wenig erschrocken über die entschlossene Art, mit der er sich der Straßenecke nähert. Sie will aufschreien, ist sich aber nicht sicher, was sie sagen soll.

»Morgen, Ms Joost.«

Die Verkehrshelferin lacht und zeigt mit dem Finger auf die beiden.

»Morgen, ihr zwei. Ein bisschen kühl.«

Gerade holt Alix ihren Bruder ein, als dieser vom Bordstein tritt. Sie lächelt, täuscht Schüchternheit vor und trabt zu Erik, der plötzlich mitten auf der Straße stehen bleibt und sich zu Ms Joost umdreht. Alix streckt die Hand aus und zieht Erik am Arm.

»Hat Idaho Winter schon die Straße überquert?«

Alix findet ihren Bruder sehr mutig und dreht sich ebenfalls zu Ms Joost um. Sie will ihre Antwort hören.

»Er ist … äh … zwei vor euch.«

In ein paar Wochen wird Ms Joost die genaue Reihenfolge der Kinder kennen, die jeden Morgen ihre Straße überqueren: die Zahl derer, die schon an ihr vorbeigegangen sind, und die Zahl derer, die noch kommen.

»Madison?«

Ms Joost dreht sich um und blickt den von Eichen gesäumten Gehweg entlang. »Madison Beach ist gleich da hinten.«

Alix und Erik wenden sich einander zu. Erik sieht die Aufregung in ihren Augen. Vorfreude. Sie nickt und lächelt. Eriks Herz klopft schnell. Er spürt, wie Feuchtigkeit in seine Augen steigt, und kann sie auch in Alix' Augen sehen.

»Macht, dass ihr von der Straße kommt.«

Alix ergreift den Arm ihres Bruders, und sie erreichen die andere Seite. Sie bleiben stehen, drehen sich um und beobachten, wie sich Madison der Kreuzung nähert. Ms Joost hält ihr Schild in die Höhe, und das kleine Mädchen schlendert sicher über die Straße. Dabei schwingt sie eine grüne Pausenbrotdose.

»Hallo, Madison.«

Alix spricht, und ihr Bruder nickt aufmunternd.

»Können wir mit dir gehen?«

Madison zuckt die Schultern und stellt sich zwischen die beiden älteren Kinder.

Eric schaut angestrengt nach vorn. Alix weiß, warum.

»Hey, Madison. Kennst du Idaho Winter?«

Erik verkrampft sich. Seine Schwester hat eine ernste Frage gestellt.

»Klar. Ich mag Idaho.«

Erik atmet laut aus. Er spürt, wie sich auf seinem Gesicht ein Grinsen breitmacht.

»Wirklich?«

Alix lacht und fährt sich über die Augen.

»Klar. Er ist ein einsamer Junge, und ich würde gern hallo sagen.«

Alix schnappt nach Luft, und Erik hüpft nach vorn.

»Dann solltest du das tun! Das solltest du! Das sollten wir alle! Komm mit! Er ist gleich da vorn!«

Alix lacht und kann gar nicht mehr aufhören. Sie leckt sich eine Träne aus dem Mundwinkel.

»Er ist zwei vor uns!«

Erik pflichtet ihr bei.

»Er ist genau zwei vor uns!«

Bruder und Schwester lachen, Madison kichert, und sie rennen an dem Mädchen vorbei, das vor ihnen geht, und schließen zu Idaho auf. Vor einem Zaun erspäht Erik zwei Jungen, die drauf und dran sind, faule Äpfel zu werfen. Aus dem Dunkel vor ihnen beugt sich ein mürrischer Mr Harris.

»Hallo, Idaho Winter!«

Beim Klang von Alix' Stimme zuckt der Junge zusammen, als würde er brutal mit einem nassen Handtuch geschlagen.

»Ich heiße Eric, und das ist meine Schwester Alix.«

Idaho wirkt verwirrt. Alix spürt, dass er weglaufen könnte. Sie legt ihm die Hand auf die Schulter, und sie alle bleiben stehen. Alix kniet sich so hin, dass ihre Augen auf gleicher Höhe mit Idahos sind.

»Wir mögen dich, Idaho.«

Seltsam, jemandem so etwas zu sagen – mögen ist etwas, das die meisten Menschen voraussetzen. Das absolute Minimum. Eine Selbstverständlichkeit. Es braucht nicht eigens betont zu werden.

»Wirklich?«

Erik sieht sich auf der Straße um. Mr Harris ist verschwunden. Die faulen Äpfel sind in der Gosse gelandet.

»Klar. Du bist ein guter kleiner Kerl.«

Idahos Augen glitzern. Sein Mund verzieht sich, sein Kinn zittert. Alix streckt die Hand aus und drückt den kleinen Jungen an sich. Beide weinen ein wenig, sanft und schnell. Idaho schlingt die Arme um sie und hält sie fest. Alix flüstert ihm ins Ohr.

»Ich habe da jemanden, der dich kennenlernen möchte.«

Idaho zieht sich zurück und sieht Alix ins Gesicht.

»Du brauchst keine Angst zu haben.«

Idaho nickt. Er vertraut diesem Mädchen, dem er noch nie begegnet ist. Alix bleibt stehen und dreht Idaho zu Madison, die sehr verwundert ist über diesen seltsamen ersten Schultag. Sie wird die Überzeugung gewinnen, dass an jedem ersten Schultag ein geheimer Wunsch in Erfüllung geht. Es wird sie dazu bringen, außergewöhnliche Dinge zu tun.

Sie hält ihre kleine Hand hoch und winkt Idaho zu.

»Hallo, Idaho. Willst du mein Freund sein?«

Lieber Leser, Sie können zurückkehren zur Seite 123.

Hochachtungsvoll

Der Herausgeber

Danksagung

Der Autor dankt allen bei ECW Press.

Michael Holmes für sein hervorragendes Lektorat und Jen Hale für die Idee zu diesem Buch.

Dank an David Gee für die Gestaltung.

Mein besonderer Dank gilt Derek McCormack, der gewisse Sätze wieder mit Details versehen hat.

Außerdem Doctores John und Edith Jones für die Wiederbelebung einiger Figuren, von denen ich vergessen hatte, dass sie in diesem Buch vorkommen.

Jesse und Krista. Danke.

Ein großes Dankeschön meinem süßen Mädchen Rachel.

Lesen Sie weiter ...

Francesca Melandri   Kalte Füße
In ihrem lang erwarteten neuen Buch verknüpft Francesca Melandri
das Ende des Friedens in Europa mit einem verdrängten Kapitel
italienischer Geschichte – und der Geschichte ihres eigenen Vaters:
Was bedeutet Krieg? Und was kommt danach?
Aus dem Italienischen von Esther Hansen
Quart*buch*. Gebunden mit Schutzumschlag. 240 Seiten

Mario Desiati   Spatriati   Roman
Heimat schmeckt nach Borretschblüten: ein wundersam poetischer
Roman über eine unverbrüchliche Freundschaft und eine Generation
von Unbehausten, Grenzgängern und Liebesuchenden – nicht nur in
Italien.
Aus dem Italienischen von Martin Hallmannsecker
Quart*buch*. Gebunden mit Schutzumschlag. 256 Seiten

Giulia Caminito   Das große A   Roman
Caffè in der Wüste: Giulia Caminito erzählt vom italienischen Leben
in Eritrea, von einer starken, übergroßen Mutter – und von einer
jungen Frau, die sich ihre Freiheit erst nach und nach erkämpft.
Ein historischer Roman von herber Schönheit.
Aus dem Italienischen von Barbara Kleiner
Quart*buch*. Gebunden mit Schutzumschlag. 272 Seiten

Finn Job   Damenschach   Roman
Zertrampelte Rosen, zerschmetterte Vasen, eine Puppe im Pool. Fünf
erhitzte Figuren feiern Geburtstag – mitten im Wald. Sie essen zu
wenig, trinken zu viel, verheddern sich gesprächsweise. Und bei
Tagesanbruch vermag niemand zu sagen, ob sie sich retten werden ...
Quart*buch*. Gebunden mit Schutzumschlag. 176 Seiten

Literatur bei Wagenbach

Carlos Fonseca   Austral   Roman
Nach Süden, nach Süden! In eleganten Verschlingungen erzählt
»Austral« von Geschichte und Gegenwart Lateinamerikas – und von
den Europäern, die hier den Kontinent ihrer Theorien und Träume,
ihrer Delirien und Irrwege entdeckten.
Aus dem Spanischen von Sabine Giersberg
Quart*buch*. Klappenbroschur. 192 Seiten mit Abbildungen

Elsa Morante   La Storia   Roman
Ein Meisterwerk der italienischen Literatur – endlich neu übersetzt.
Mit beinahe kindlicher Wahrhaftigkeit und zarter Wärme erzählt
Elsa Morante die Geschichte von Ida und ihren beiden sehr unter-
schiedlichen Söhnen im faschistischen Rom: ein unvergesslicher,
zauberhafter Roman.
Neu übersetzt aus dem Italienischen von Maja Pflug
und Klaudia Ruschkowski
Quart*buch*. Gebunden mit Schutzumschlag. Lesebändchen. 768 Seiten

Wytske Versteeg   Die goldene Stunde   Roman
Wytske Versteegs eindringlicher und poetischer Roman umkreist die
Herausforderung, das Richtige zu tun, auch wenn es allen Erwartun-
gen widerspricht. Wie viel Mut braucht man, um Mensch zu sein?
Und wenn man nichts mehr tun kann – was tun?
Aus dem Niederländischen von Christiane Burkhardt
Quart*buch*. Gebunden mit Schutzumschlag. 240 Seiten

Milena Michiko Flašar   Oben Erde, unten Himmel   Roman
»Alleinstehend. Mit Hamster«, so beschreibt sie sich selbst. Suzu lebt
in einer japanischen Großstadt. Unscheinbar. Durchscheinend fast.
Der neue Job aber verändert alles. Ein umwerfender Roman über
Nachsicht, Umsicht und gegenseitige Achtung.
Quart*buch*. Gebunden mit Schutzumschlag. 304 Seiten

Katharina Mevissen   Mutters Stimmbruch
Mutter ist schon lange kinderlos und hat nun auch noch ihre Stimme
verloren. Sie muss sich gänzlich neu erfinden, um wieder stark und
laut zu werden. Ein poetischer, kompromissloser Roman über das
Älterwerden, einen späten Aufbruch und eine bleibende Sehnsucht.
Quart*buch*. Klappenbroschur
112 Seiten mit 7 Monotypien von Katharina Greeven

Michela Murgia   Drei Schalen
Wie gehen Menschen mit einer grundstürzenden existentiellen
Veränderung um? Das neue, letzte Buch der großen italienischen
Schriftstellerin Michela Murgia erzählt davon: unverblümt und
trostreich, kompromisslos und voll ermutigender Lebensklugheit.
Aus dem Italienischen von Esther Hansen
Quart*buch*. Gebunden mit Schutzumschlag. 160 Seiten

Lawrence Osborne   Denen man vergibt   Roman
Ein Roman wie ein geschmeidiger Panther, der sich sanft anschleicht
und brutal zupackt.
Aus dem Englischen von Reiner Pfleiderer
WAT 874. Broschiert. 272 Seiten

Ernesto Sabato   Der Tunnel   Roman
Der gefeierte Maler Juan Pablo Castel ist ein Mörder. Im Gefängnis
legt er schonungslos dar, wie ihm seine Leidenschaft für die mit
einem Blinden verheiratete María zum Verhängnis wurde.
Aus dem argentinischen Spanisch und neu durchgesehen
von Helga Castellanos
WAT 772. Broschiert. 160 Seiten

Kanadische Literatur bei Wagenbach

Suzette Mayr   Der Schlafwagendiener   Roman
Viele der Passagiere auf dem Trip quer durch Kanada haben eine besondere Geschichte, so auch der stets freundliche und emsige Baxter. In magnetischer Detailfülle wird die Reise mit dieser hochsympathischen Hauptfigur zu einer rasanten Tour d'emotion.
Aus dem kanadischen Englisch von Anne Emmert
WAT 876. Broschiert. 240 Seiten

Waubgeshig Rice   Mond des verharschten Schnees   Roman
Sie haben die größte anzunehmende Katastrophe eigentlich schon hinter sich: Die Familien der Anishinaabe wurde aus ihrer Heimat in ein Reservat im unwirtlichen nördlichsten Teil Kanadas vertrieben, wo die Winter unendlich erscheinen. Doch in diesem Winter überschlagen sich plötzlich die Ereignisse.
Aus dem kanadischen Englisch von Thomas Brückner
WAT 842. Broschiert. 224 Seiten

Waubgeshig Rice   Mond des gefärbten Laubs   Roman
Ihr besonderer Umgang mit der Natur und dem Tod und ihre Gemeinschaft, in der alle aufeinander zählen können, hat das Überleben der Anishinaabe ermöglicht. Aber um eine Zukunft zu haben, müssen sie ihren sicheren Rückzugsort verlassen.
Aus dem kanadischen Englisch von Thomas Brückner
WAT 868. Broschiert. 304 Seiten

Michelle Winters   Ich bin ein Laster   Roman
Eine rasante Kriminalliebesgeschichte im kanadischen Nirgendwoland, voller lustiger Begebenheiten und kurioser Wendungen. Und mittendrin der Kulturkampf zwischen Folk und Rock, zwischen Chevy und Ford und anderen unüberbrückbaren Gegensätzen.
Aus dem kanadischen Englisch von Barbara Schaden
SVLTO. Fadengeheftet. Rotes Leinen. 144 Seiten

Kathy Page   All unsere Jahre   Roman
Aus einem langen, gemeinsam verbrachten Leben erzählt dieser
Roman das Außergewöhnliche im Gewöhnlichen: die ungleiche
Liebe zweier ungleicher Menschen.
Aus dem kanadischen Englisch von Beatrice Faßbender
WAT 843. Broschiert. 336 Seiten

Helen Weinzweig   Von Hand zu Hand   Roman
Die Upper Class von Toronto versammelt sich zu einer kuriosen
Hochzeit. Wie in einem Brennglas leuchten die verschlungenen Le-
bensgeschichten der Partygäste auf – und ihr Beziehungsgeflecht, das
einem Spinnennetz ähnelt.
Aus dem kanadischen Englisch von Hans-Christian Oeser
Quart*buch*. Leinen. 160 Seiten

Mireille Gagné   Häsin in der Grube   Roman
Der Schneeschuhhase kann sich unsichtbar machen: Sein Fell ist im
Sommer rotbraun, im Winter schlohweiß. Er schläft kaum, kann
aus dem Stand drei Meter weit springen, bis zu 80 km/h schnell rennen und naturgemäß hakenschlagend seine Verfolger abhängen. So
müsste man sein, denkt sich Diane an ihrem Schreibtisch und trifft
eine Entscheidung.
Aus dem kanadischen Französisch von Birgit Leib
S*VLT*O. Fadengeheftet. Rotes Leinen. 120 Seiten

Wenn Sie mehr über den Verlag und seine Bücher wissen möchten,
schreiben Sie uns eine Postkarte oder elektronische Nachricht (mit
Anschrift und E-Mail). Wir informieren Sie dann regelmäßig über
unser Programm und unsere Veranstaltungen.
Verlag Klaus Wagenbach   Emser Straße 40/41   10719 Berlin
www.wagenbach.de   vertrieb@wagenbach.de

Die kanadische Originalausgabe erschien 2011 unter dem Titel
Idaho Winter bei ECW Press in Toronto.

© 2024 für die deutsche Ausgabe: Verlag Klaus Wagenbach
Emser Straße 40/41, 10719 Berlin   www.wagenbach.de

Covergestaltung Julie August
unter Verwendung einer eigenen Bildcollage
Gesetzt aus der Adobe Garamond Pro und der Block Berthold
Einbandmaterial von SALZER Papier, St. Pölten
Gedruckt und gebunden bei Pustet, Regensburg
Printed in Germany. Alle Rechte vorbehalten

ISBN   978 3 8031 3370 0